지극히 작은 농장 일기

지극히 작은 농장 일기

오기와라 히로시 지음
부윤아 옮김

무 　순무 　누에콩 　가을 가지 　풋내기

지금이책

차례

Part 1 (가을·겨울편)

2부 지극히 좁은 여행 노트

3부 지극히 사적인 일상 스케치

4부 지극히 작은 농장 일가

Part 2 (봄·여름편)

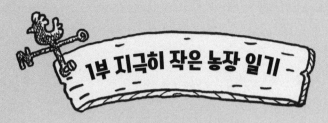

1부 지극히 작은 농장 일기

Part 1 (가을·겨울편)

〈마이니치 신문〉
2008년 10월 3일~2009년 3월 27일(격주 금요일 연재)

🥔 감자 애송이의 발아

취미는 무엇인가요? 이런 질문을 받으면 나는 늘 대답하기가 망설여진다.

"으음⋯⋯"이나 "어, 그러니까⋯⋯"라며 일단은 말을 흐린다. 상대방이 "특별히 없으신가봐요"라는 반응을 보이면, 사실은 떠들고 싶어서 입이 근질근질하기 때문에 "아니, 아니, 아니요"라며 고개를 젓고는 독특한 성적 취향을 고백이라도 하듯 머뭇머뭇 이렇게 말한다.

"취미로 집에서 채소를 키우고 있어요."

가드닝이라고 말하면 이야기가 빠르겠지만 그런 세련된 단어를 나 같은 아저씨가 입에 올리기는 낯간지럽다. 정원이 있는 집에 살고 있다고 자랑하는 것 같기도 해서 마음이 내키지 않는다. 무엇보다 내가 몰두하고 있는 것은, 얼마 전에 봄에 꽃이 피는 스위트피 종자를 심었어요, 호호호, 이런 이야기가 아니라 어디까지나 '채소'다. 오이와 가지와 당근을 키운다.

대답을 망설이는 이유는 멋이 없기 때문일지도 모른다. "취미라면 역시 서핑이지"라며 햇볕에 그을린 얼굴로 하얀 이를 드러내며 자신 있는 미소를 짓거나, "음악을 조금 하는 정도랄까요"라며 겸손해하면서도 "이번에 라이브 하니까 보러 오세요"라는 대답을 할 수 있다면 얼마나 좋을까. "이번에 무밭에 비료를 줄 건데 구경하러 오세요"라고 말해본들 아무도 오지 않을 테니까.

최근 몇 년 사이에 세상의 분위기가 변해서 어느 서점에 가도 '집에서 텃밭 꾸미기'에 관련된 다양한 책을 찾아볼 수 있게 되었다. 홈센터[일용 잡화와 가정용 공구 등을 판매하는 대형 마트를 가리키는 일본식 영어. 이하 대괄호 속 설명은 옮긴이주다.]에는 계절별로 다양한 '가정 텃밭용' 모종과 종자가 진열되어 있다. 얼마 전까지만 해도 자기 집 마당을 갈아 밭두렁을 만드는 사람은 가족이나 동네 사람들에게 별종 취급을 받았는데 말이다.

그래서 앞에 말한 질문한 사람이 "그러니까 베란다 텃밭 같은 거 말씀이시죠"라고 되물으면 그건 그거대로 "아, 아니, 그런 건 아니고요"라고 말한다. 유행에 휩쓸린 사람 같아서 어쩐지 싫다. 스스로 생각해도 성가신 놈이다, 나란 사람은.

내가 채소 키우기에 눈을 뜬 것은 초등학생 때였다. 그 무렵에는 감자 한 줄기였지만. 매년 봄이 되면 마당을 파서 씨감자를 심었다. 본가는 사이타마로 평범한 회사원 집안이고 근처에 농가가 있었던 것도 아닌데 어째서 그런 행위를 매년 반복했는지 스스로 생각해도 미스터리다.

어디서 배웠는지 모르겠지만 심는 방법은 이렇다. ①부엌에서 어머니의 눈을 피해 감자를 슬쩍 가지고 나온다. ②반으로 자른다. ③자른 면에 재를 묻힌다. ④자른 면을 아래로 향하게 하여 흙 속에 씨감자 두세 개분의 깊이로 묻는다.

지금까지도 기억하고 있다. 오늘 나올까, 내일 나올까 하며 싹이 나기를 기다리는 흥분. 싹이 나왔을 때의 감동. 쑥쑥 자라는 줄기와 잎을 보며 부풀어 오르는 기대. 감자에도 꽃이 핀다는 데 대한 놀라움. 슬슬 파내볼까? 아니야 조금만 더 기다려야지. 수확 시기의 근질근질한 두근거림.

겨우 감자 반개를 흙에 묻어두기만 해도 다섯 배, 열 배가 된다. 마법처럼 느껴졌다. 머릿속에서는 카레라이스로 환산해 몇 그릇분의 감자를 키웠다.

하지만 수확과 관련해서는 매년 배신당할 뿐이었다. 서너

달을 기다리고 기다려서 드디어 파내보면 대체로 뿌리에 혹 같은 것만 따라 나올 뿐이었다. 골프공 크기로 자라면 성공으로 분류할 정도였다.

감자 애송이는 나이를 한 살 두 살 먹으며 감자가 자라는 상태보다 거울에 비친 여드름이나 헤어스타일 쪽에 더 신경 쓰게 되었고, 감자꽃을 보기보다는 주간 〈플레이보이〉의 누드사진을 몰래 보는 편이 더 즐겁다는 사실에 눈을 떠 어느샌가 감자를 잊어버렸다.

그로부터 세월은 흐르고 흘러. 다시 나의 채소 키우기 열의에 불이 붙은 것은 회사를 그만두고 프리랜서 카피라이터로 독립한 30대 중반이었다.

자유업은 의외로 자유롭지 못하지만 시간에 관해서는 확실히 자유로웠다. 독립하는 것이 오랜 꿈이었던 나는 그것을 달성해버린 후 번아웃 상태에 빠졌다. 자신을 불태울 새로운 가능성은 없을까 주위를 둘러보다 바로 눈앞에서 발견한 것이다. 순백의, 아니, 순갈색의 도화지를.

결혼 후 나는 줄곧 도심에서 벗어난 단독주택에 살고 있다. 일단 정원도 있다. 이곳은 아내의 본가다.

그러니까 처가에 얹혀사는 신세. 그렇다. 내 마음대로는 할 수 없다. 처음에는 한쪽 구석에 몰래 래디시를 심는 정도였지만 장모님이 고령이 되셔서(장인어른은 오래전에 세상을 떠나셨다) 정원 손질을 내가 넘겨받은 후로는 조금씩 농지를 넓혀갔다.

현재 결코 볕이 잘 든다고 할 수 없는 좁은 정원에서 그나마도 일부밖에 되지 않는 총 면적 약 4평방미터의 농지—알기 쉽게 이야기하면 1.2평 정도—에 꼼지락꼼지락 채소 키우기에 힘쓰고 있다.

왜 꽃도 아니고 나무도 아닌 채소인지 물어본다면 아마도 이렇게 답할 것이다.

"실속 있으니까요."

채소는 보기에 즐거울 뿐만 아니라 먹을 수 있다. 문자 그대로 결실을 맺는다는 점이 즐겁다. 작은 씨앗을 한 알(혹은 모종을 한 포기)만 심어도 그것이 다섯 배, 열 배, 때로는 백배가 되어 돌아오면 이득 본 느낌이 들어 기쁘다.

얻는 이득이 없으면 움직이지 않는다. 나는 분명 그런 인간이다. 감자 애송이였던 옛날부터.

운치보다는 수확. 농사가 본업인 사람이나 본격적으로 채소 농장을 운영하는 사람이 들으면 웃을지도 모르겠지만 마음만은 농장 경영자와 다르지 않다. 장마를 걱정하고 태풍을 두려워하고 그때그때의 기온에 일희일우한다. 이런 날들을 보내는 사이에 인생과 세상이 돌아가는 모습을 어느 정도 깨닫기도 했다.

이런 말을 하며 허세를 부려보는 시점에 지면이 꽉 차버렸다. 다음 이야기는 2주 후에. 기대는 하지 마시길.

2008년 10월 3일

뿌리채소는 어느 날 갑자기

다시 한 번 당부드립니다만, 대단하지 않은 이 글은 계절별 채소의 생육상태나 수확 모습 등을 자세히 묘사하거나 현재진행형으로 보고하는 종류의 글이 아닙니다. 절대 기대는 하지 마세요.

제목을 '일기'라고 붙인 덕분에 그러면 어디 한번 읽어볼까 생각한 분이 있을지도 모르니 우선 겸손하게 써보았다. 왜 제대로 일기를 쓰지 않았느냐고 묻는다면, 그야 없는 걸 내놓으라 한들 어쩔 도리가 없는 것이다.

무엇보다 밭은 지극히 작고 작물의 종류도 얼마 되지 않는다. 게다가 이제부터 맞이할 겨울철은 말하지 않아도 모두가 아는 농한기. 우리 집 정원에서 지금(10월 초 현재) 기르고 있는 것은 철수 직전인 가을 가지, 여름이 끝나갈 무렵에 씨를 뿌린 무, 초가을에 씨를 뿌린 순무. 이것이 전부다.

올해 안에 씨를 뿌릴 예정인 것은 10월 중순에 누에콩, 12월에 당근 정도다. 대부분이 뿌리채소류. 이 에세이는 6개월 동안 12회 연재할 예정인데, 한 회에 채소를 한 종류씩 쓰다가는 5회로 이야깃거리가 동나버린다.

곤란하다.

그래서 어쩌라고 싶겠지만, 그야 물론 나도 여름철 오이와 토마토에 대해 쓰고 가을 가지가 아닌 제철 가지에 대해서 이야기하고 싶다. 가을 가지는 며느리에게 먹이지 말라[맛있는 것을 얄미운 며느리에게 먹이기 아깝다는 의미로 알려진 일본 속담]는 말도 있지만, 가지의 제철은 역시 여름이다. 가을에는 성장이 좋지 않은데다 딱딱해지고 모양도 이상해져서 결국에는 며느리(우리 집에서는 아내)도 먹지 않는다.

다른 걸 다 떠나서 단조롭다, 뿌리채소는. 줄곧 땅속에서 자라니까 말이다. 땅 위에 보이는 것이라고는 잎사귀뿐. 엉뚱한 곳에 씨를 뿌렸다가는 땅에서 나온 싹을 잡초로 착각해서 아내가 뽑아버릴 수도 있다.

뭐, 뿌리채소도 키우고 있는 내가 보기에는 나름대로 사랑스러워서 '아, 잎이 하나 더 나왔네'라든가 '으아아, 벌레 먹었잖아'라는 사소한 변화에 일희일우하지만 읽는 사람이 보기엔 재미없을 것이다. 그깟 잎사귀.

오이와 토마토는 열매가 매일 쑥쑥 커진다. 오이는 과장이 아니라 아직 괜찮겠지 싶어 하루만 내버려두면 다음 날엔 수세미가 된다.

같은 뿌리채소라도 감자는 줄기가 쑥 자라거나 꽃이 피는 즐거움이라도 있지만 무, 순무, 당근은 꽃이 피기 전에 수확한다.

뿌리채소는 기본적으로 하루하루 성장을 즐기기에는 적당하지 않다. 요즘은 채소가게에서도 진열 전에 버리는 일이 많은 그 잎사귀만 끊임없이 바라보는 날이 이어지고 있다.

어디서 무엇을 하고 있는지, 도시에 나간 후 연락두절이 된 자식 때문에 안달복달하는 기분이다. 어디서라고 해봐야 당연히 땅속이지만.

그러다가 무 같은 것은 어느 날 갑자기 땅 위로 불쑥 머리를 드러낸다. 무밭에서 말뚝 같은 것이 땅 위로 솟아올라와 있는 모양을 본 적 있을 것이다. 바로 그것. 그것이 이미 생장의 종반에 접어든 무다.

지금까지 뭐 하고 있었던 거야? 전화 한 통 하지 않고. 당연히 엄마아빠가 걱정했지. 이 불효막심한 놈. 이런 불평을 한마디쯤 하고 싶다. 게다가 모습을 드러내는 건 상반신 한정. 누드 사진에 비유하자면 젖꼭지는 보이면 엔지. 아, 정말, 감칠나게.

그래도 열심히 뿌리채소의 씨앗을 뿌리는 것은 한 방 승부라는 도박 같은 즐거움 때문이 아닐까. 파보지 않으면 결과는 알 수 없다. 몇 개월 동안의 재배가 성공인지 실패인지 한순간에 정해진다. 경정[모터보트 경주에 경마처럼 돈을 걸어 즐기는 경기] 팬이라면(저는 하지 않습니다만) 스릴 넘치는 기분을 느낄 수 있을지도 모르겠다.

애초에 아마추어의 채소 경작은 뿌리채소뿐만 아니라 어떤 작물도 어느 정도 도박이다. 사실 현재진행형으로 쓰고 싶지 않은 더 큰 이유는 거기에 있다.

나는 종종 소설의 소재 찾기보다 인터넷에 올라와 있는 채소 농사 사이트 체크를 더 열심히 하는데, 가끔 개인 블로그에서 사진을 포함한 이런 분위기의 게시물을 발견한다.

○월 ×일 미니당근에 처음 도전합니다. 오늘 화분에 씨를 심었어요. 기대돼요.

□월 ×일 싹이 나왔어요.♡ 씨앗부터 키웠더니 한층 더 사랑스러워요. 여러분도 도전해보는 건 어떠세요?

□월 ×일 왜일까요? 성장이 그저 그래요. 좀 걱정되네요.

□월 ×일 화분 여섯 개 중 세 개는 건강. 모두 힘내라!

△월 ×일 두 개 남은 상태.

△월 ×일 마지막 하나.

이렇게 어느 날을 경계로 새로운 게시물이 올라오지 않는다. 요약하자면 처음에 의욕이 넘쳐 소개를 시작했지만 실패한 것이다.

그렇다, 집에서 만든 텃밭을 실시간으로 소개하는 일은 상당히 위험하다. 벌레나 병이 발생해 우물쭈물하는 사이에 전멸해버리는 일은 일상다반사이고, 가뭄으로 말라버리는 일도 반대로 비가 너무 내려서 망치는 일도 있다. 태풍도 무섭다.

만약 이 연재를 〈지극히 작은 농장의 모든 것: 다큐멘터리 2008〉 같은 제목으로 기합을 넣고 개시했는데, 연재 2회째에 이제 막 나온 쌍떡잎이 전부 벌레 먹어버린다면…… 아, 생각하는 것만으로 두렵다.

그러니 이 글에서는 실시간을 고집하지 않고 일단 순조롭게 자라고 있는 작물, 과거에 성과가 좋았던 작물을 중점적으로 다루며 자랑하고 싶다. 아, 아니지, 보고하고 싶다.

그 말인즉 사실 은폐가 아닌가, 조작이 아닌가, 당신 사회보험청이야?[사회보장보험을 담당하는 일본 행정기관으로 정치인의 연금 미납 문제, 국민연금 부정면제 문제 등이 발각되면서 2009년에 폐지되었다] 하는 목소리가 어디선가 들려올 것 같지만 그렇지 않습니다. 적절한 처리를 하고 있다는 보고를 받고 있습니다. 현 시점에는.

2008년 10월 17일

🍪 씨뿌리기라기보다는 콩뿌리기

10월은 누에콩의 계절이다. 일반적으로 누에콩이라고 하면 5월 무렵, 초여름을 느끼게 하는 채소지만 지극히 작은 농장주에게는 10월이 그 계절이다. 그것도 중순부터 하순에 걸친 시기. 내가 사는 지역에서는 이 시기가 누에콩의 씨를 뿌리는 철이다. 너무 빨라도 너무 늦어도 안 된다.

누에콩은 거의 매년 키우고 있다. 갓 수확한 콩을 삶아서 안주 삼아 맥주를 캬아 하고 마시기 위해서다. 누에콩에 맥주가 얼마나 맛있는지 모른다.

마당에서 키운 채소는 물론 집에서 다 먹지만 조리다운 조리를 하지 않고도 맥주를 꿀꺽꿀꺽 마실 수 있는 것은 의외로 많지 않다.

우리 집에서 키우는 채소 중에는 누에콩을 제외하면 오이 정도일까. 갓 따낸 오이는 오돌토돌한 겉에 만지면 아플 정도로 뾰족한 가시가 돋아 있다. 생선 비늘을 제거하듯이 가볍게 씻어 가시를 제거하고 길쭉하게 잘라 된장(취향에 따라서는 마요네즈)을 찍어 와삭. 그리고 캬아. 오이에 맥주는 또 얼마나 맛있는지 모른다.

오이는 수확을 시작하면 처음 두세 개까지는 생육 중인 줄기가 약해지지 않도록 열매가 작을 때 딴다. 나는 길이와 두께가 삼색볼펜 정도일 때 따서 통째로 된장에 찍어 맥주와 함께 먹는다. 정말이지 맛있다. 된장은 오래 숙성해서 맛과 색이 진한 핫쵸미소도 나쁘지 않지만 여기에는 역시 맛이 심플한 아카미소로.

아, 이게 아니지. 오이가 아니라 누에콩 이야기 중이었지.

그런 연유로 10월은 누에콩의 계절. 올해도 씨를 뿌렸다. '1치 누에콩'이라는 품종이다. 콩의 크기가 1치, 약 3센티미터인 알이 굵은 종이다. 알이 작은 종이 키우기는 쉬울지도 모른다. 하지만 애써 가시밭길에 도전하는 것이 사나이가 살아가는 방식이라고 나는 생각한다……는 것은 새빨간 거짓말이고, 어차피 키울 바에는 큰 쪽이 이득이라는 쩨쩨한 근성 때문이다.

콩 종류의 씨앗이라는 것은 곧 콩 그 자체다. 시판되는 씨앗 봉투를 열어보면 건조된 누에콩이 데굴데굴 굴러 나온다. 이 시점에 이미 마른안주나 마찬가지다. 하지만 소독용 약품 때문인지 실수로 먹지 말라는 경고인지 색은 현란한 초록색이다.

씨를 뿌리기 전날에 이 종두를 물에 담가둔다. 어라? 1치 치고는 알이 작잖아, 하고 처음에는 생각하지만 하룻밤 지나면 물을 흡수해 정말로 3센티미터 정도가 된다. 이것을 뿌리는 것이므로 씨뿌리기라기보다는 콩뿌리기다. '뿌린다'기보다는 '심는다'는 감각에 가까울지도 모른다.

직접 밭에 뿌려도 괜찮고, 화분에 씨를 뿌려 싹을 틔운 후에 옮겨 심는 방법도 있다. 어느 쪽이 좋은지는 모른다. 알고보면 어느 쪽이든 별로 다르지 않을 것 같은 기분도 들지만 이번에는 두 방법을 다 시도해보았다. 누에콩 용지 여섯 곳은 직접 뿌리기, 남은 세 곳에는 화분에서 키운 싹을 옮겨 심을 생각이다. 올여름 누에콩이 예년에 없는 흉작이었기 때문에 신중을 기했다. 콩아, 잘 부탁한다.

씨를 뿌릴 때는 지켜야 할 규칙이 한 가지 있다. '검은 이'라고 부르는 콩 측면에 있는 검은 점 부분을 반드시 비스듬히 아래쪽으로 가게 심어야 한다. 여기에서 싹과 뿌리가 모두 나온다.

검은 이라는 표현은 그야말로 적절하다. 누에콩은 잘 살펴보면 사람 얼굴을 닮았다. 아랫볼이 볼록한 얼굴이 비웃는 것처럼 보인다. "실력이 형편없군. 경력도 짧지? 후후후." 이런 말을 하는 느낌이다.

젊은 분들은 무슨 말인지 모를 수도 있겠다. 사족으로 설명하자면 검은 이라는 것은 치아를 검게 물들이는 옛날 패션이다. 에도시대 기혼 여성의 취향으로 무사나 상인의 부인들이 모두 이를 검게 물들였다. 역사적 사실인데도 지금 방영되는 시대극에서는(엄격하게 시대고증을 했다고 내세우는 영화나 드라마에서도) 검은 이를 재현하는 일은 거의 없다.

무리도 아니겠지. 명판관 오오카에치젠 덕분에 누명을 벗게 된 빈털터리 무사의 갸륵한 아내 역이나, 영토를 다스리는 고몬 님에게 구제받은 에도에서 가장 격식이 높은 유곽의 박복한 어린 기생 역에 애써 미모의 여배우를 기용했는데 검은 이를 재현했다가는 드라마를 다 망칠 것이다. 마지막 장면에서 "감사합니다. 세상을 떠난 남편도 이제 성불할 수 있겠지요." 같은 대사 후에 허망하게 미소 짓는 배우의 이가 새까맣다면. 나왔다, 요괴변신이로군. 무사님들 칼로 베어버리세요.

아, 이게 아니지. 누에콩 이야기 중이었지.

씨를 심는 깊이는 끝이 조금 나올 정도가 일반적이라지만 나는 2센티미터 정도 볼록하게 흙을 덮는다. 나만의 특별한 요령도 뭐도 아니다. 1치 누에콩의 종자 봉투에 그렇게 쓰여 있기 때문이다.

누에콩의 씨뿌리기 시기가 왜 핀포인트인가 하면 추위가 심해지기 전에 어느 정도 싹을 키워두지 않으면 다음 해에 줄기가 튼튼해지지 않기 때문이다. 그렇다고 성급하게 일찍 뿌려서 싹이 너무 자라버리면 추위에 피해를 입기 쉬워져서 겨울을 넘기지 못한다.

채소 키우기는 기본적으로 크고 빠르게 키우는 것을 매일 목표로 한다. 하지만 누에콩만큼은 조급한 마음도 비료도 절제해 너무 커지면 안 돼, 하고 달래며 키운다.

딜레마다. 예를 든다면 일본시리즈에서 팀이 우승하기를 바라지만 4연승해버리면 관객동원수가 부족해져서 경영에 영향을 준다. 4승 3패로 어떻게 안 될까, 하고 남몰래 기도하는 프로야구 구단 관계자 같은 기분이라고 말하면 적절할까?

나는 올해 일본에서 가장 슬픈 프로야구 팬이다. 한신 팬이기 때문에 일본시리즈 따위 아~무런 상관없으니까. 둘 다져라.

그런 연유로 씨를 뿌린 후에는 내년 봄을 기다리는 것뿐이다.

내년에야말로 설욕하고 싶다. 야구 이야기가 아니고 누에
콩 이야기다.

2008년 10월 31일

여기가 검은 이

후후후

하룻밤 물에 불려서
흙 속으로

후후

화원의 살육

순무에 큰 문제가 일어나고 있다. 도쿄 증권거래소나 뉴욕, 런던의 주식시장 이야기가 아니다. [일본어로 순무カブ와 주식かぶ은 모두 '가부'로 발음된다] 우리 집 정원의 순무 이야기다.

본래라면 슬슬 수확시기인데 이제껏 수확이 제로. 아니, 수확은 고사하고 괴멸 위기에 처해 있다.

앞에서 초보 농부의 채소 농사는 도박과 같아서 실패가 많기 때문에 이 에세이에서는 그때그때의 보고는 하고 싶지 않다는 둥 이야기를 썼는데 바로 그런 상황이 되어버렸다. 그런 글을 쓴 탓일까. 말의 영적인 힘, 무서울 정도다.

올해 가을은 9월 초와 말, 두 번에 나눠 서른다섯 곳에 순무 씨를 뿌렸다. 열매가 작을 때 수확할 경우 포기와 포기 사이의 거리가 좁아도 괜찮은 순무는 지극히 작은 농장에 안성맞춤인 작물이지만, 전체 경지의 삼분의 일 가까운 공간을 바쳐 서른 포기 이상 수확을 노린 것은 처음이었다. 한 곳에 예닐곱 알 씨앗을 뿌려 최종적으로 한 포기가 되니까 싹은 200개가 넘게 틔웠다. 씨를 두 번에 나눠 뿌린 이유는 한 번에 수확을 하면 다 먹지 못할 것이라는 생각에서였다. 독장수셈이었다. 강경한 투자가 이제 와서 원망스럽다.

원인은 벌레다.

이변을 알아챈 것은 처음 뿌린 제1기생들이 싹을 틔워 풋 풋한 잎을 조금씩 늘려가고 있을 무렵이었다. 막 나온 잎에 구멍이 뚫려 있거나 줄기만 남아 있기 시작했다.

처음에는 피해가 작았기 때문에 민달팽이가 갉아 먹었나 보다고 만만하게 생각했다. 하지만 피해는 거기에 그치지 않았다. 이왕 집에서 키우는 것이니 약은 가능하면 치지않 으려 했지만, 어쩔 수 없이 광범위한 벌레에 효과가 있는 살 충제를 뿌렸다.

이틀 후 바로 효과가 나타나기 시작해 풍뎅이 유충이 순 무밭에 뒹굴고 있었다. 아, 한 가지 주의를 당부드립니다. 여기서부터 한동안 벌레를 싫어하는 분이나 지금 식사 중이 니 적당히 좀 해달라는 분들에게는 부적절한 표현이 나옵니 다. 해당되는 분은 ★표시된 지점에서 ☆ 앞까지는 읽지 말 고 넘겨주세요.

★계속 읽고 있는 여러분은 괜찮으신가요? 그럼 시작합니다.

풍뎅이 유충은 장수풍뎅이 유충의 축소판이라고 할 수 있는 놈이다. 흰나비 유충에 잠자리의 머리와 다리를 붙인 느낌.

이미 반쯤 죽은 이 녀석을 인정사정없이 집어 꺼낸다. 맨손으로는 싫어서 이럴 때를 위해 준비해둔 나무젓가락을 사용하여. 칠리새우를 집듯이.

☆잡은 벌레는 돌로 눌러 죽인다. 이때 나는 재빠르면서 한편으로는 집요했다. 순무의 떡잎은 아름다운 하트 모양이고 거기에서 나오는 어린잎은 옅은 초록색으로 사랑스럽다. 내 마음은 이 아이들을 빼앗긴 슬픔과 증오로 가득했다. 그때까지 키운 노력을 다 날려버린 것에 대한 분노도 있었을 것이다. 이럴 때 나는 언제나 내 마음에 숨어 있는 잔혹함을 깨닫는다. 테러나 전쟁이 왜 끊이지 않는가, 그 섭리의 한 부분을 깨달은 기분이 든다. 어째서인지 머릿속에서는 나카지마 미유키의 노래가 맴돈다.

당신이 웃어준다면
나는 악이라도 될게요〔〈하늘과 당신 사이에〉 가사의 일부〕

정원 텃밭을 일구고 있다고 다른 사람에게 말하면 가끔 "어머, 꽤나 다정한 취미를 즐기시네요"라는 분위기의 반응이 돌아올 때가 있는데, 천만의 말씀입니다. 벌레 한 마리 죽이지 못하는 다정한 사람은 채소밭 일구기도 원예도 할 수 없다. "다양한 색의 팬지를 귀여운 발이 달린 화분에 심었어요, 호호"라며 다카시마야 백화점에서 산 밀짚모자를 흔들면서 웃는 부인이라도 화원의 그늘에서는 이렇게 벌레를 끊임없이 압살하고 있을 것이 분명하다. 미쓰코시 백화점에서 산 샌들이나 다른 무언가를 이용해서.

그런데 뭔가가 이상했다. 풍뎅이 유충은 웬만해서는 땅 위로 나오지 않을 테고, 그렇다면 잎보다는 뿌리를 먹을 것이다. 그런데 순무의 피해는 오히려 잎 쪽이 막대했다. 그랬다, 진범은 따로 있었던 것이다.

이번에는 2기생들도 희생되기 시작했다. 서로 어깨를 가까이 붙이고 떨고 있는 어린잎이 날마다 두 곳, 세 곳 괴멸되었다. 아침에 일어나 상태를 보러 갈 때마다.

일이 이쯤 되어서야 겨우 나는 범인이 무엇인지 알아차렸다.

야도충. 바로 밤나방의 어린벌레다.

가정 텃밭의 최고로 흉악한 해충이다. 낮 동안에는 땅속에 숨어 있다가 밤을 기다려 출몰한다. 한 번 생기면 그놈을 해치울 때까지 채소밭에 내일은 없다. 밤에 도둑처럼 나타나는 벌레라고 해서 야도충夜盜蟲이다. 글자만 봐도 흉악하지 않은가.

싹이 반쯤 망가진 지역 일대의 흙을 뒤집어엎어봤다. 아직 무사한 싹도 눈물을 머금고 희생해가며 수색을 이어간 끝에 드디어 그놈을 잡아냈다.

★야도충은 사마귀 형태의 다리가 달린 전형적인 나방 유충이다. 어두운 밤에 몸을 숨기기 위해서인지 크기가 클수록 색은 검다. 내가 발견한 그놈은 귀여운 싹들을 얼마나 많이도 먹었는지 둥글둥글 시커멓게 살이 쪄 있었다.

☆만약 가족이 살해당한 주인공이 복수하는 소설을 내가 쓴다면 서서히 범인을 궁지에 몰아붙이는 스토리로 만들 것이다. 그러는 편이 이야기로는 재미있으니까. 하지만 현실에서 사람은 그 정도로 냉정해지지 못하는 것 같다. 범인을 발견하자마자 때려눕히려고 달려들 것이 분명하다. 야도충에게 그때의 내가 그랬다. 돌을 찾을 마음의 여유도 없이 손에 들고 있던 모종삽을 흉기로 사용했다.

당신이 웃어준다면

　이제 괜찮다고 생각한 나는 이른 시기의 수확은 단념하고 방한용 멀칭(지면에 비닐시트를 까는 것을 말합니다)을 하고 손실을 입은 장소에 더욱 내한성이 있는 품종을 새로 뿌렸다.

　이것이 실수였다. 남은 순무도 포기하고 밭을 갈아엎어 흙을 정리하는 것부터 새로 했어야만 했다.

　야도충은 단충범이 아니라 도적단이었던 것이다. 그 후에

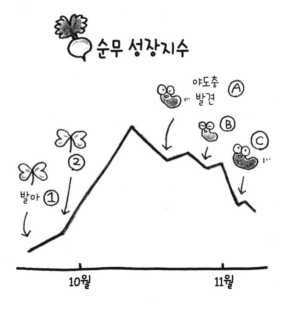

순무 성장지수

야도충 Ⓐ 발견

Ⓑ

Ⓒ

②

발아 ①

10월　　　　　11월

도 나는 야도충 포획과 씨뿌리기의 쳇바퀴 돌리기를 계속하고 있다. 나카지마 유키에, 열창하게 되었다. 임시방편으로는 효과가 없는 것은 주식도 순무도 똑같다.

　이런 〈쇼텐〉 같은 마무리를 쓰기 위해서 순무의 씨를 뿌린 것은 아니었는데. 야마다 군, 방석 한 장 빼세요.[〈쇼텐〉은 일본의 장수 예능프로그램으로, 문제의 정답을 말하거나 기발하고 재미있는 답을 한 출연자에게는 방석을 한 장 추가하고 그 반대인 출연자는 방석을 하나 빼는 방식으로 코너를 진행한다]

2008년 11월 14일

🍅 토마토와 가지의 인연

　지난 회에 공황이 일어났다고 보고한 순무의 피해는 그럭저럭 수습되었다. 집요하게 주식 관련 용어로 표현하자면 바닥을 쳤다고나 할까. 하지만 밑바닥에서부터 회복하기는 보통 힘든 일이 아니다. 회사도 가게도 연예인도 스포츠선수도 소설가도 채소도. 올해는 이미 제대로 된 수확은 포기했다.

　내년에는 꼭, 이라고 말하고 싶지만 내년에도 순무 씨를 뿌릴지 어떨지는 모르겠다. 적어도 지금 구획에는 순무 농사는 짓지 않을 것이다. 넌더리가 나서가 아니라 지을 수가 없다. 연작장해 때문이다.

　연작장해. 채소밭에 관심이 없는 분이라면 익숙하지 않은 말이겠지만, 농사를 짓는 관계자 사이에서는 기본용어 중 하나다. 알고 있으면 손해는 보지 않는다. 이득도 없지만.

그래도 기억해두세요. 자, 따라 해보세요.

연.작.장.해.

다시 한 번.

어쩐지 불길한 예감이 들기 시작했다. 이번 이야기는 흥미 없는 사람들은 읽지 않을지도 모르겠다. 어디선가 부스럭부스럭 페이지를 넘기는 소리가 들려오는 것 같다. 3학년 교실에서 입시 과목이 아닌 교과 담당 교사가 된 기분이다.

그러면 안 됩니다. 나는 꽃만 키워요, 라는 사람들에게도 남이야기가 아니고, 더 나아가서는 일본 농업정책과도 관련 있을지도 모르는 이야기니까 잘 들어주세요. 조는 사람 있으면 선생님이 분필 던질 거예요.

그러니까 연작장해라는 것은 같은 작물을 다음 해에 같은 장소에 키우면 제대로 자라지 않고, 자란다고 해도 결과가 변변찮아지는 현상을 말한다. 연작을 하면 토양의 양분과 미생물의 균형이 무너져서 병해충이 발생하기 쉽다.

병해균과 벌레는 좋아하는 채소를 골라 들러붙는다. 그 녀석들은 수확을 끝낸 후에도 흙 속에서 기승을 부린다. 혹은 다음 해에 같은 장소를 노려 날아들어 알을 깐다(이것은 정설인지는 확실하지 않지만 나는 그렇게밖에 생각되지 않는다). 한 번만이라고 생각해서 돈을 건네면 다시 회사에 전화를 걸어와, 헤헤헤 잘 들어, 세상에 그 일을 다 까발리겠어, 하며 협박해서 골수까지 빨아먹는 비극의 연쇄가 반복되는 것이다.

1년 기다리면 괜찮아지는 것도 아니고, 연작장해를 피하기 위해서 어느 정도의 기간 동안 경지를 쉬게 하면 좋은지는 작물에 따라 다르다.

순무는 그마나 괜찮다. 지금까지 책이나 인터넷에서 이래저래 찾아본 정보를 종합해보면 1~2년이 적당한 모양이다. 오이는 2~3년, 토마토는 4~5년이라고 한다. 가지로 말하자면 6~7년이라는 혹독한 데이터도 종종 보인다. 무는…….

획(분필을 던지는 소리). 거기, 딴 데 보지 마. 이 부분 시험에 나온다.

내가 가뜩이나 좁은 용지를 몇 구획으로 나눠 오밀조밀 다른 작물을 심는 이유는 종류가 많은 편이 즐겁다는 것이 주된 이유이지만, 연작장해를 피하려는 이유도 있다. 아무래도 좁기 때문에 돌려 심기가 쉽지 않다.

문제는 같은 종種뿐만 아니라 같은 과科의 채소도 연작장해가 나타난다는 것이다.

이를테면 오이 다음 해에는 수박을 심을 수 없다. 멜론도 안 된다. 같은 박과이기 때문에.

토마토 다음에 한동안 피망도 좋지 않다. 가지도. 무려 감자도. 전부 가짓과다.

토마토와 가지는 둘 다 가정 텃밭의 인기 작물이다. 그 둘을 4년, 아니 6년 기다리라는 말은 좁은 토지밖에 소유하지 않은 인간에게는 괴로운 일이다.

토마토와 피망은 뭐 알 것도 같지만 토마토와 가지가 같은 과라니 잘못된 것 아닐까 생각하지만, 연작이 안 된다고 한다. 백 보 양보해도 감자는 말이 안 되지, 감자는, 이라고 울분을 토해봐도 억지다. 전국 연작장해평의회에 항의라도 하고 싶은 마음은 굴뚝같지만 그런 조직은 어디에도 존재하지 않는다.

가정 텃밭의 대책으로는 구획을 세세하게 나눈다, 토양개량제를 사용한다, 연작에 강한 품종의 모종을 구입한다 등을 생각할 수 있는데 이것은 휴경기간을 약간 단축할 수 있는 정도라고 생각하는 편이 무난하다. 나는 다음 해가 아니라 같은 해라면 오히려 괜찮은 것이 아닐까, 오오 발상의 전환, 이라고 생각하며 여름 오이 다음에 가을 오이를 심어서 호되게 망한 적이 있다.

나의 궁극적인 비법은 좁은 땅을 역이용해 대형 마트에서 사온 흙과 정원의 다른 부분에서 파낸 흙으로 싹 바꾸는 방

사실은 모 —— 두가 친척

결혼은 언제 할 거니?

법인데 이것도 자주 사용할 수는 없다.

　나머지는 연작에 영향을 받지 않는 작물로 꾸려나갈 수밖에 없는데, 연작장해가 없거나 적은 작물은 손에 꼽을 정도뿐이다. 당근, 호박, 고구마……. 어쩐지 수수하다. 할머니가 조림반찬으로 만들 법한 채소가 많다. 그 외에는 벼.

　연작에 강한 볏과이면서 흙보다는 물에서 키운다고 볼 수 있는 쌀은 거의 완벽에 가깝게 연작장해를 모른다고 한다. 매년 같은 논에서 벼농사를 지을 수 있는 이유는 그 때문이다. 따라서 식량자급률을 올리기 위해서 벼농사를 줄이고

다른 작물을 여기저기 심으면 어떤가 하는 이야기는 간단히
말할 수 없다. 다만 프로 농가의 경우 토양세척제 이외에 필
살기가 여러 가지 있다는 것 같지만.

물론 꽃도 연작장해는 있다. 피튜니아는 매년 같은 이탈
리아토분에 심으면 안 돼요. 가끔은 다른 장소에 심는 것이
더 좋을 거예요, 부인.

그런 연유로 이번 회에는 '연작장해의 경향과 그 대책'
에 대해 이야기했습니다. 이해하셨나요? 아직 잘 모르겠다
고요? 그럼, 선생님이 프린트 나눠줄게요. 아, 필요 없다고
요? 그러세요?

2008년 11월 28일

🍪 이름 없는 꽃의 이름

무 수확이 거의 끝나간다. 총 여섯 포기 중 이미 다섯 포기는 수확해 어묵탕과 미소시루에 넣기도 하고 샐러드로도 해서 먹었다. 잎은 누카즈케[쌀겨를 발효시켜 만든 누카도코에 채소를 넣어 절인 음식]. 남은 한 포기는 무와 함께 보낸 가을 한때의 추억을 잃고 싶지 않아서 뽑지 않고 꾸물거리며 남겨뒀다.

수확한 무의 크기는 어느 것 하나 슈퍼마켓에 놓인 것과는 비교도 안 될 정도. 손목시계를 채울 수 있을 것 같은 굵기다. 그래도 사랑스럽다. 아저씨가 까르띠에 사줄까? 후훗.

그런 연유로 올해의 주된 작업은 거의 막바지다. 채소에 관련된 일은.

겨울철에도 아직 해야 할 일은 많다. 심어야 할 팬지와 크리산세멈 노스폴이 반쯤 남아 있고 스위트 알리숨 모종도 키워야 한다. 아참, 안개초도…….

어디선가 잠깐만, 이라는 목소리가 들려오는 듯하다. 당신, 연재 첫 회에서 채소에만 관심이 있다고 말하지 않았나요? 따지는 환청이 들리는 것 같다.

별말씀을 다 하십니다.

정원에서 텃밭을 일구고는 있지만 그렇다고 정원을 전부 밭으로 만들었다가는, 그렇게 하고 싶은 마음이 없다면 거짓말이지만, 아내가 가만있지 않을 것이다.

사실은 내가 하는 정원 일의 절반 정도는 꽃 돌보기다. 채소에는 질려서 아무 말도 하지 않는 아내도 꽃과 관련해서는 취향과 의견이 있기 때문에 나 혼자만의 판단으로 움직일 수 없다. 아내는 이미 꽃이 피어 있는 모종을 턱하니 사는 편을 좋아하고 세세한 작업은 남(나)에게 맡긴다. 나는 말하자면 씨앗을 뿌려 키우는 것을 더 좋아한다.

꽃은 꽃대로 키우는 재미가 있다. 내가 씨뿌리기부터 하고 싶은 이유는 꽃에서도 실익을 얻으려는 애처로운 성미 때문이다. 씨앗 봉투 하나에 들어 있는 씨앗들로 다 심지 못할 정도로 많은 모종을 키웠을 때는 꽃집에서 파는 동일한 꽃의 모종 가격과 굳이 비교해보며, 우후후후 비싸군, 같은 생각을 남몰래 하며 득의의 미소를 짓고는 한다.

하지만 꽃을 키운다는 말을 하려면 채소 키운다는 이야기를 할 때보다도 훨씬 입이 무거워진다. 어쩐지 좀 창피하다.

아저씨가 팬지를 키운다니. 남에게 말할 것도 없이 전혀 어울리지 않는다고 스스로도 생각한다. '돼지 목에 진주 목걸이'라는 속담이 떠오른다. 꿀꿀. 무엇을 심었는지 누군가가 물어볼 때 '스위트 알리숨'이라는 답을 아저씨가 하기는 어렵다. 키가 작고 조그만 꽃을 잔뜩 피우는 스위트 알리숨은 화단의 가장자리를 장식하기에는 안성맞춤이지만 솔직하게 말하지 못하고 "아, 뭐, 잔디 같은 거예요. 그냥 두면 꽃이 핀다기에, 손질이 조금 귀찮기는 해요"라는 대답을 해버릴 것 같다.

꽃이 피는 식물의 원예는 꽃 이름도 도구 디자인도 아저씨를 거절하는 느낌을 풍긴다고 생각하면 피해망상일까. 직접 만드는 케이크를 파는 가게나 작고 세련된 파스타 가게 같은 곳도 종종 있잖아요. 중년 남성을 배제하려는 목적으로 붙인 것 같은 이름이.

'가을빛 펌프킨 파티'나 '변덕쟁이 숲속 요정들의 링귀니'라니 말할 수 없어요. 입이 귀까지 찢어진다고 해도. 손가락으로 가리키며 "이거 주세요"만 말하며 주문했을 때 "네? 어떤 메뉴 말씀인가요?"라고 되묻는다면 옆에 적힌 나폴리탄으로 슬쩍 손가락을 옮깁니다.

하지만 팬지나 스위트 알리슴 정도로 부끄러워한다면 아직 한참 멀었다. 최근 꽃집이나 대형 마트 점포 앞에서는 엄청난 일이 벌어지고 있다. 무엇이 엄청나냐면 모종의 이름표나 진열대의 안내판에 적힌 꽃 이름이 엄청나다. 몇 가지 예를 들어보면.

두근두근 콜레우스
듀란타 다카라즈카
서던크로스 화이트
블루에트
만데빌라 서머드레스
캐시미어 데커레이션

할리퀸 로맨스 소설 제목 같다. 거기에 더해 꽃의 색이나 모양별로 부제 같은 애칭을 붙인 것도 많다.

라 비올라 가루이자와~라벤더 드림
크로산드라~모닥불
무지개색 팬지~러블리 문 리카(별명 리카 짱 팬지)

크로산드 라의 일본식 명칭은 여우의손자과 깔때기꽃이고, 듀란타는 곰덩굴과 타이완개나리꽃이다.

확실히 명칭을 있는 그대로 쓴다면 주요 타깃인 여성의 관심을 끌기 힘들지도 모르겠다. 그래서 생산자가 이렇게 저렇게 머리를 굴려 일부러 난해한 외국명이나 학명을 사용하기도 하고 독자적인 네이밍을 고안한 결과가 이런 사태를 발생시키고 있는 모양이다.

기업의 노력은 이해하지만 원예 아저씨가 "두근두근 콜레우스를 키우고 있어요"라고 다른 사람에게는 말하지 못하는 기분도 알아줬으면 좋겠다.

당혹스러운 것은 그뿐만이 아니다. 때때로 원래 무슨 꽃인지 어떤 과의 식물인지 표기해두지 않은 것도 있기 때문이다. 이것은 곤란하다. 채소와 마찬가지로 꽃도 제각각 기르는 방법이 다르다. 수분을 좋아하는지, 약간 건조하게 키우는 것이 좋은지, 비료 양이나 토양의 산성도를 어떻게 해야 할지, 정식 명칭과 생물학적 분류로 어느 과에 속하는지가 명확하지 않으면 기르는 방법도 알 수 없다.

이번 기회에 이름은 좀 참겠습니다. 당당하게 가슴을 펴고 "리카 짱 팬지 주세요"라고 말합시다. 괜찮다면 외치겠습니다. 그 대신 정식 명칭 표기 문제에 대해서는 부디 선처

팬지와 침팬지는
어원이 같다는 설이 있습니다

pansy

chimpanzee

끼아악 가짜지롱

속설이라지만 확실히 닮기는 했다

해주셨으면 합니다. 탕(책상을 두드리는 소리).

우리 집 정원의 꽃 재배와 관련해서 올해 최대 히트는 히비스커스 푸린[일본 아이치 현 농가에서 꽃이 잘 피고 강하게 개량한 품종]이다. 7월에 부부가 협의한(조금 비쌌기 때문에) 결과 구입했다. 하루 만에 지는 꽃이 거의 매일, 어떤 날에는 두 송이도 세 송이도 피었다. 남국의 꽃인데도 현재(12월 초순)도 계속 피고 있다.

"후후후, 결국 꽃 한 송이당 가격은 4~5엔이겠군."

"3.5엔이야. 우후훗."

이런 대화를 나누며 부부가 함께 의기양양 웃고 있다. 꽃에 대한 취향은 달라도 실리가 무엇보다 중요하다는 점에서 우리의 의견은 최종적으로 일치한다.

2008년 12월 12일

당근에게는 아픈 기억만 주었다

연말도 바짝 다가온 이 시기에 당근 씨를 뿌렸다.

당근은 초여름에 씨를 뿌리는 것이 일반적으로, 겨울철 씨뿌리기는 나도 처음이다. 이런저런 사정이 있어서 12월이 되어버렸다.

사정 중 하나는 토지의 굴레이다. 이전에 이야기했듯이 같은 작물을 같은 장소에 이어서 키우면 연작장해가 일어난다. 그것을 막기 위해 항상 좁은 정원을 이리저리 꾸려나가는 사이에 50센티미터×1.2미터 정도의 틈새 땅이 덩그러니 생겼다.

다른 작물과의 타산관계라는 사정도 있다. 간토 지역[도쿄를 포함한 일본 동쪽지역을 묶어서 부르는 말]에서 겨울에 씨를 뿌린다면 2월 무렵이 더욱 확실하다지만 그러면 봄에 모종을 심을 오이나 가지에 방해가 된다. 당근은 늦어도 5월까지는 퇴거

해주길 바란다. 그래서 12월.

물론 이 시기에는 씨를 잘 뿌려도 그냥 싹이 나오지는 않는다. 그래서 터널재배로 했다. 터널재배란 아치형태의 지지대에 시트를 씌워 작물을 덮는 소형 비닐하우스다. 당근에게 할당된 공간은 누에콩밭의 북쪽. 북풍에 약한 누에콩을 위해 이 터널을 방패막이로 쓸 계산도 있다.

이번 이야기의 사정이란 것은 온통 굴레와 타산뿐. 뭐, 말하자면 어른의 사정이다. 당근에게는 미안하다고 생각한다. 이러고도 쑥쑥 자라기를 바라는 쪽이 무리가 있다. 비뚤어져버릴지도 모른다. "어이, 타스포 빌려줘."[타스포는 일본 자동판매기공업회가 미성년자의 흡연방지를 위해 도입한 성인식별 IC카드] 이런 난폭한 아이가 되었다고 한들 누구를 책망할 것인가. 그렇게 만든 사람은 바로 나다.

당근에게는 늘 아픈 기억만 주었다. 연작장해가 적다는 이유만으로 중간 역할만 늘 밀어붙이고, 좁은 곳에서도 키울 수 있다는 이유로 채소밭의 구석이나 남는 틈으로 내몰았다. 비료를 주는 것도 게을러서 5치 당근을 미니당근만 하게 키우기도 했다. 수확시기를 잊어버려서 고려인삼[일본어에서 당근ニンジン과 인삼にんじん은 모두 '닝징'으로 발음된다]처럼 **뿌리털**이 덥수룩하게 자란 적도 있다.

이런 말을 하면 정원 텃밭의 당근이 불량청소년처럼 편의점 앞에 가서 불량한 자세로 쪼그리고 앉아버릴 것 같아 두렵지만, 내가 생각해도 다른 채소와 비교해서 쏟는 애정이 얕은 기분이 든다. 아니, 기분이 든다기보다는 확실히 말하는데 얕다. 아마도 그 이유는 당근에게 식재료로써의 매력을 느끼지 않기 때문인 듯. 아, 이리로 와봐, 내 타스포는 돌려줘.

내가 어릴 무렵에 당근은 미움 받는 존재였다.

학교 급식에서 남기는 재료 넘버원. 카레라이스나 스튜에 둥둥 떠 있는 주황색은 모처럼 맛있는 식사시간의 방해꾼이었다. 그 당시의 트라우마인지 지금도 당근을 '와, 맛있어 보인다'고 생각하는 일은 없다.

무엇보다 맛이 없었다. 설정설정 딱딱하고 흙냄새가 나고 나무뿌리가 이런 맛이 아닐까 상상하게 만드는 맛.

그런데 그 후로 몇 년이 지나. 지금은 당근이 아이들도 좋아하는 채소 베스트10의 상위를 차지하고 있다고 한다.

어쩌면 패밀리레스토랑 메뉴 중 햄버그스테이크 등에 곁들여 나오는 당근 글라세[당근과 양파 같은 채소를 설탕과 버터로 윤이 나게 익힌 음식]의 공로인지도 모르지만, 조리법과는 상관없이 확실히 요즘 당근은 흙냄새도 나지 않고 부드럽다. 품종개

량과 외국품종 도입이 이루어낸 결과라고 한다. 어쩐지 손해 본 기분이다.

음식만화에 나오는 미식가 선생이었다면 "이런 건 진정한 당근이 아니야" 하고 테이블을 뒤엎겠지만, 옛날은 옛날. 맛있는 것은 맛있다. 선생님, 음식을 가리시면 안 됩니다. 옛날 초등학교였다면 복도에 서 있는 벌을 받았을 겁니다.

변한 것은 당근뿐만이 아니다. 다른 채소들도 옛날에 비해 싱싱해지고 잡내도 줄어들었다. 온 동네의 가게 앞에 진열된 채소는 어느 것이든 크고 모양이 깔끔하게 정돈되어 있다.

벌레 먹은 것도 거의 사라졌다. 내가 어릴 적 풋콩 같은 것에는 십여 깍지에 한 마리 정도 확률로 벌레가 잠복해 있었고, 대처법으로는 콩을 한 알씩 까서 손바닥에 놓을까 아니면 신경 쓰지 않기로 마음먹고 속을 보지 않고 입 안에 통째로 털어넣을까 중에서 선택해야 했다.

현저하게 달라진 것은 과일. 요즘 귤은 전부 달콤하다. 사과나 딸기도. 요즘 과일에 비하면 몇십 년 전에 먹었던 냉동 귤이나 여름 귤의 신맛은 거의 벌칙 수준이었다.

환영해야 할 일이겠지만 가끔은 문득 어수선한 기분이 들 때도 있다.

"옛날 채소는 채소다운 미각이 있었어." 틀니 때문에 맛도 제대로 느끼지 못하면서 잔소리만 늘어놓는 미식 할아버지 같은 말은 하고 싶지 않고, 만약 "네가 떨어트린 것이 냉동 귤이냐? 발렌시아 오렌지냐?"라고 호수의 여신이 물어온다면 나는 "바, 발렌시아"라고 거짓말을 할 게 분명하지만, 무엇이든 인간의 사정에 따라 향락적인 방향으로 개량해버려도 괜찮은가 막연한 불안이 있는 것입니다. 나이가 나이인지라.

누구나 입맛이 고급스러워진 왕처럼 계속 생활하다가 어떤 순간에 먹을거리가 사라졌을 때 괜찮을까 하는 불안. 여차하면 나무뿌리라도 먹을 준비가 되어 있는 걸까 하는 불안.

그러는 너는 준비가 되어 있어? 하고 묻는다면 사실은 자신이 없다. 어설프게 정원에서 채소를 키우며 벌레 먹은 채소는 물론 채소를 한창 먹고 있는 벌레를 목격하기 때문에 오히려 풋콩을 벌레째로 먹으면서 "아, 지금 먹은 건 벌레 들어 있었어"라고 아무렇지 않게 중얼거렸던 옛날로는 돌아가지 못할 것 같다. 하지만 지극히 작은 농장 덕분에 채소라는 것은 지극히 자연스럽게(내버려두고) 키우면 작고 모양이 예쁘지 않은데다 벌레 먹고, 농약을 치지 않았다고 특별히 맛있는 것도 아니라는 사실을 깨달았다. 나무뿌리, 한 가닥 정도라면 씹을 수 있습니다.

우선 봄까지는 비뚤어진 맛과 모양으로 자랄지도 모를 당근을 어떻게든 키워보겠다고 생각한다. 타스포는 돌려줘.

2008년 12월 26일

빈틈없는 겨울의 터널재배

지지대를 세워
비닐시트를 덮는다

지면에도 시트를

조금만 더 빛을 주세요

새해 복 많이 받으세요.

신춘이라고 하지만 여전히 춥다. 여전하기는커녕 더욱더 추워지고 있다.

정월이 올 때마다 생각하는데, 이 '신춘新春'이나 '영춘迎春'이라는 단어, 어떻게 좀 안 되는 걸까? 간토 남부지역에서도 기온이 영하로 떨어진다는 시기에 봄 춘자가 붙은 단어를 들으면 곤란한 기분이 든다.

옛날에 태음력을 사용하던 시절의 자취가 남은 것이라고는 알고 있지만 '대한大寒'이나 '입매入梅'는 선선히 태양력으로 옮겨 달력에서 나름대로 역할을 다하고 있지 않은가.['큰 추위'를 뜻하는 대한은 양력 1월 20일 즈음, '장마철에 들어감'을 뜻하는 입매는 6월 11일경이다] 입춘이 설 자리도 없다. '봄이 된다'고 우렁차게 힘자랑을 해봐도 새해에 이미 봄을 맞이해버렸으니 누구도 진심으로 대하지 않는다. 성인식 인사 자리에서 하고 싶었던 말을 지방자치단체장에게 전부 빼앗겨버린 조역 같은 기분이다. 불쌍한 입춘.

정월에 마신 술이 깨지 않은 아저씨가 술주정하는 것 같은 이야기로 시작해버렸다. 미안합니다요. 이거 쓰고 있는 게 아직 1월 초라서. 남편, 적당히 좀 해! 넹. 슬슬 작은 농장 이야기를 해봅시다.

12월에 뿌린 당근의 싹이 드디어 나왔습니다.

이상. 그런 연유로 다음 회를 기대해주세요.

아아, 농담입니다. 더 쓸게요. 술, 안 마셨어요. 말짱한 정신으로 쓰고 있습니다.

그런데 정말로 최근 몇 주 동안 큰 변화가 없는 것이 사실이다. 겨울철이라 어떤 작물도 잘 자라지 않는다. 잘 자라지 않는 정도가 아니라 잎이 틀어박혀버린 것이 아닐까 생각이 들 정도. 이유는 추위만이 아니다. 일조량 때문이기도 하다.

동네에서 채소 농사를 짓는 데 장벽 중 하나는 제목에서도 드러나듯 '작은' 공간 문제지만, 만약 이 제목에 우리 집 정원의 약점을 하나 더 붙인다면 그것은 '일조량 부족'이다.

지극히 작고 일조량 부족한 농장. 글자로 쓰는 것만으로 정원의 모종이 나날이 시들어가는 기분이 든다. 주위가 건물에 둘러싸여 있으므로 그렇잖아도 낮고 짧은 겨울 해가 충분히 들지 않는 것이다.

지금 우리 정원에는 터널(소형 비닐하우스)이 두 개 있다. 앞에서 이야기한 당근용과 작년 가을 큰 벌레 피해를 입은 바 있는, 여기까지 왔으니 지옥 끝까지라도 함께 가자는 야도충이 숨어 있을 것이 분명한 땅바닥을 몽땅 갈아엎은 순무용.

터널에 작물을 밀폐할 경우 환기를 게을리 하면 겨울이라도 생각지 못한 고온이 되기 때문에 주의해야 한다는 설명이 책에는 적혀 있지만, 우리 집의 경우 안타깝게도 그런 걱정은 전혀 없다. 일조시간이 적기 때문에 터널 안이 따뜻해질 틈도 없다. 터널 하나에는 온도계를 넣어놓았다. 넣어놓았지만 언제 봐도 실온 정도. 그것도 난방을 끈 상태의.

순무는 잎이 벌레 먹는 일은 없게 되었지만 그 대신 눈에 보일 만한 성장도 하지 않는다. 최근에는 수확은 상관없으니 이대로 무사히 있어주기만 해도 좋겠다고 자식을 생각하는 부모의 마음이 되어 있다.

당근은 여름에 씨를 뿌리면 일주일만 있으면 싹이 트지만 이번에는 싹이 나올 때까지 2주나 걸렸다. 당근은 여름철에도 발아율이 낮다. '이걸로 끝인가' 각오했을 무렵에 솜털 같은 싹이 나기 시작했다. 멀칭(지면을 비닐시트로 덮고 둥근 구멍을 뚫은 장소에 씨를 뿌리는 방법)으로 키우고 있기 때문에 당근밭은 흡사 회복초기의 원형탈모증 증상 일람 같은 모습이다.

묘하게 빨리 자라는 쪽은 누에콩. 작년 가을에 기온이 높은 날이 이어진 덕분인지 해를 넘기기 전에 곁순이 쑥쑥 자라났지만, 그 후 일조량 부족으로 전부 비쩍 야위었다. 강풍이라도 불어오면 지나치게 긴 지방자치단체장의 연설에 빈혈을 일으킨 성인식 참석자처럼 여기저기서 픽픽 쓰러져 드러눕는다. 조역도 힘들다. 그거랑은 관계없나.

유일하게 딸기만 건강하다. 멀칭도 터널도 하지 않았는데 유난히 잎이 반짝반짝 푸릇푸릇하다. 화분에 키우기 때문이라고 생각한다.

화분재배의 장점은 이동이 가능하다는 점이다. 딸기는 대형 화분 두 개에 총 네 포기. 볕이 잘 드는 장소를 찾아 때때로 무거운 화분을 끌어안고 끙끙거리며 옮긴다. 아아, 조금 더 볕이 잘 드는 집에서 살고 싶어, 라고 혼잣말을 하면서.

하지만 새해가 된 지금, 추위가 심해졌어도 일조량만큼은 확실히 밝은 조짐이 보인다. 인간의 사정에 따라 태양력이니 태음력이니 하는 것보다 해님은 정직하다. 매일같이 정원에 나와보면 태양의 높이가 나날이 달라지는 것을 알 수 있다. 몇시 몇분에 해가 드는지도 달라지고, 순무밭의 제일 앞줄에서 세 번째 줄까지 들던 볕이 네 번째 줄까지 들거나. 오후에는 그늘이 지는 팬지 화단에 저녁 무렵 다시 한 번 볕이 들기도 한다.

일조시간도 날이 지날 때마다 길어졌다. 계절어[하이쿠 등 일본 전통 시에서 계절감을 나타내기 위해 반드시 넣도록 정해진 말]에서 말하듯 '햇발이 자란다'고나 할까.

그러고 보니 하이쿠의 계절어도 태음력의 유산인데 이것도 어딘가 불합리하다. 내가 가지고 있는 하이쿠 계절어 분류 책에 따르면 여름방학의 대명사라고 할 만한 '나팔꽃'이나 '잠자리'는 가을의 계절어. '무', '당근', '순무'는 겨울의 계절어인데, 이것도 좀. 최근에는 일 년 내내 구할 수 있고 성장이 좋은 것은 오히려 여름에 수확하는 종이다. 무는 확실히 겨울이 제철이지만 가정 채소밭 입장에서 이야기하자면 본격적인 겨울이 되기 전에 수확하는 것이 일반적이라고 생각한다. 현재 우리 집 '순무'의 경우 바로 계절어에 맞게 자라고 있지만.

하이쿠를 짓는 사람은 거북스럽게 느끼지 않는 걸까? '봄무'라는 계절어는 있지만 '봄 당근'은 없는 모양이다. 가끔은 읊어보고 싶지 않은가요? 봄 당근.

아아, 또 주정뱅이 아저씨가 되었다. 저기, 남편, 다른 사람들에게 민폐니까 이제 그만둬요.

넹.

2009년 1월 16일

딸기에 박힌 작은 점들
사실은 이것이 진짜 열매
(안에 씨앗이…)

어쩐지 아까워…

🍪 선택하는 자의 황홀과 불안

추위가 이어지고 있지만 해가 조금씩 길어진 덕분에 정원의 터널 안 온도가 드디어 20도를 넘어섰다.

온통 잎뿐이었던 순무 중에는 흙을 밀어 올리며 슬쩍 하얀 피부를 보여주는 것도 나타났다. 가슴이 많이 파인 옷 사이로 살짝 노출하듯이. 아아, 빨리 단추 풀어버리고 싶어. 아니지, 얼른 수확하고 싶어. 하지만 아무리 봐도 아직 크기가 작다. 이 시점에 서두르다가는 본전도 못 찾는다. 아직 한동안은 군침을 흘릴 때가 아니다, 마른침을 삼키며 지켜보기로 했다.

살금살금 가느다란 떡잎이 자라나 원형탈모 회복단계 상태였던 당근도 센코하나비[집에서 즐기는 작은 불꽃놀이] 불꽃 같은 본잎이 나기 시작했다. 이쪽은 슬슬 첫 번째 솎아낼 시기다.

솎아내다.

원예나 채소 농사 책에는 기본용어로 재배의 순서 중 한 과정에 무척 당연하게 등장하는 단어지만 어쩐지 꺼림칙하게 마음을 울리는 것은 내 생각이 과해서일까?

솎아낸다는 말을 듣는 순간 어째서인지 옛날 가난하고 쓸쓸한 마을의 장지가 찢어진 쓰러져가는 집이 눈에 선하게 떠오른다. 탄생을 축복받지 못한 아기의 울음소리가 들려오는 듯하다. 아기 엄마가 흐느끼는 울음소리와 시아버지가 화를 내는 소리와 시어머니의 욕설과 "어쩔 수 없잖아"라고 남편이 중얼거리는 소리.[솎아내기를 뜻하는 일본어 '마비키間引き'는 에도시대에 생활고로 산아를 죽이던 일을 뜻하기도 한다]

응애, 응애, 응, 으……

아, 아기의 울음소리가.

어원으로는 식물을 솎아내는 쪽이 먼저다. 씨앗부터 작물을 키울 때 확실히 솎아내기는 피할 수 없는 과정이다.

채소 하나를 수확하기 위해 뿌리는 씨앗은 적어도 괜찮은 편이라는 봄에 뿌리는 무 종류도 대여섯 알. 당근의 경우 숫자 따위 하나하나 세고 있을 수 없을 만큼 뿌린다. 씨앗이 100퍼센트 발아한다는 보증은 없고, 더 좋은 수확을 얻기 위해서는 선택이 필요하기 때문이다.

어떤 섭리인지 채소의 종류에 따라 모종이 작을 때는 밀집해서 키우면 성장이 순조로운 것이 많다. 당근도 그중 하나로 보통 두 번에 나눠서 솎아낸다. 이 타이밍이 성공과 실패를 나눈다고도 한다.

그렇다고는 하는데 올해 우리 집 당근은 발아율이 높아 점뿌림을 한 각각의 장소에 열 줄기 가까이 발아해서 현 시점에서는 크게 우열을 가릴 수 없다. 모두가 크게 자라려고, 훌륭한 당근이 되겠다고 나날이 노력하고 있다(는 생각이 든다).

그런 그들 중에서 몇 명인가는 포기해야만 한다. 파견사원 계약해지나 입사 합격취소가 문제가 되고 있는 이 시대에 말이다. 고뇌의 선택이라고 할 수밖에 없다.

게다가 이 경우 인원 절감이란 문자 그대로 전정가위로 뿌리째 잘라내는 일이다. 슬슬 솎아낼 시기라고 생각하는 내 마음을 안다면 정원의 당근들은 벌벌 떨기 시작하겠지. 유묘기[종자가 발아하여 이유기를 지나 본잎이 2~4개 정도 나는 시기]까지 빽빽하게 키우는 편이 잘 자라는 것은 불길한 미래에 대한 예감으로 두려워하며 필사적으로 생존경쟁을 하기 때문일지도 모른다.

태아여

태아여

왜 동요하는가

어머니의 마음을 이해하고

두려워졌느냐

(유메노 규사쿠의 소설 《도구라 마구라ドグラ・マグラ》 중에서)

이래저래, 작은 모종을 손으로 꺾는 일에도 주저하는 다정한 인간인 양 자신을 미화시켜버렸는데, 솔직히 말하자면 솎아내기는 내게 비밀스럽고 음습한 즐거움 중 하나이기도 하다.

가위 혹은 핀셋을 준비해 모종을 품평하고 있을 때, 생사여탈권을 손에 쥔 권력자가 되기라도 한 듯 고양된 기분에 취한 자신의 모습을 깨닫는다. 예를 들자면 오디션장에서 거만하게 뒤로 기대어 앉은 할리우드나 브로드웨이 프로듀서의 기분. 혹은 선수 리스트를 앞에 두고 빨간 펜을 쥔 일본 대표팀 감독의 기분.

내가 신이다, 같은 말을 채소나 꽃의 모종을 향해 마음속으로 중얼거리기도 한다. 스스로 생각해도 밴댕이 소갈머리 같은 남자다.

솎아낼 때 어떤 모종을 선택할지는 어려운 문제다. "홋홋, 배역을 원한다면 오늘 나와 하룻밤 지내야 해" 같은 해결방법은 있을 수 없다. 뇌물도 기본적으로 거절하고 있다.

선택지 중 하나는 물론 성장상태지만, 단순히 길이만으로는 결정할 수 없다. 키가 커도 가느다란 모종은 안 된다. 전체가 땅딸막하고 줄기는 뼈대가 굵은(뼈는 없지만) 느낌의 모종이 유망주다. 스모 선수라면 근육질에 비교적 마른 체형의 선수보다는 통통하고 배가 나온 체형의 선수를 새로운 제자로 우대한다.

잎의 크기와 양이나 방향도 중요한 포인트다. 망설여질 때는 잎의 수를 세어서 선택하기로 정해두고 있다. 하지만 아무리 잎이 커도 벌레를 먹었거나 색이 안 좋으면 역시나 안 된다.

한 줄기만 남기는 최종적인 솎아내기가 아닌 경우 모종 동지의 거리도 포인트가 된다. 솎아내기는 적정한 주간株間을 확보하는 것이 원래 목적이기 때문이다. 첫 번째 후보가 이미 정해져 있다면 바로 옆에 난 모종은 아무리 두 번째 후보라고 해도 눈물을 머금고 퇴거를 요청할 수밖에 없다.

일본 대표팀으로 말하자면 포지션이 겹치는 선수라고 할까, 주위에 두드러진 후보가 없을 경우 좀 수준이 떨어지더라도 첫 번째 심사를 통과하는 운 좋은 선수도 있다.

어떤 멤버를 선발해도 이의는 난무하겠지만 알아줬으면

좋겠다. 선택하는 쪽도 신중하다는 것을. 여하튼 몇 개월 후 수확의 승패가 걸린 문제이니 말이다. 책임은 내가 진다, 삼진이라도 괜찮으니 힘껏 휘두르고 와, 하는 물러나지 않는 결의로 가위(소형)나 핀셋을 휘두르고 있는 것이다.

그런 연유로 내일쯤 당근의 제1차 선발을 집행해야겠다고 생각하고 있습니다. 우천시 중단합니다.

모종이여, 용서하라.

2009년 1월 30일

식물의 간격 이야기와 어째서인지 인구문제

지난 회에 솎아내는 작업은 적정한 주간을 확보하기 위해서라고 이야기했다. 주간에 대해서 아무런 보충설명을 더하지 않고 슬쩍 넘어가버려서 원예 방면 지식이 적은 분들은 주간이 대체 뭐야? 하며 계속 신경 쓰시지 않았을까. 죄송한 일을 하고 말았다. 그래서 이번 회에는 이 주간에 대해서 쓰고자 한다.

응? 아무도 신경 쓰지 않았다고?

한자를 보고 알았다고요?

천만의 말씀, 그렇게 간단한 문제가 아닙니다, 주간이라는 것은. 깊이가 있는 이야기입니다, 주간이라는 것은. 좁은 정원에서 채소 농사를 짓는 나의 일상은 주간과의 싸움이라고 말해도 과언이 아니다. 그 고군분투의 일부를 여기에서 이야기하고 싶습니다. 고생한 이야기만큼 재미있는 것은 없다. 이야기하는 본인에게는.

현명한 독자 여러분 중에는 이미 눈치채신 분도 있을지 모르겠지만 주간인즉!

각각의 작물의 줄기와 줄기의 간격을 말합니다.

아아, 물건은 던지지 마세요. 돌멩이도 내려놓으세요.

확실히 읽는 그대로. 정취도 함축도 없는 어구다. 하지만 생각해보세요. 한 줄기의 간격을 10센티미터 넓힐지 좁힐지 는 작은 문제일지 모르지만 열 줄기라면 그 너비는 1미터가 됩니다. 백 줄기라면 10미터. 1만 줄기의 경우 무려 1킬로미 터. 주간 문제는 그 정도로 일본 농업정책, 식량자급률에도 관련된 큰 문제다.

그래서 어쨌다고, 라고요?

아니, 뭐 어떻다는 것은 아니지만요.

겨울철에는 실제 작물보다 더 오랜 시간 들여다보고 있을 지도 모르는 집에 사다 놓은 채소 농사 가이드북 몇 권과 서 점에서 훑어본 책이나 종자 봉투에 적힌 설명서나 인터넷 에서 찾아본 수치를 정리해보면 작물별 주간은 대체로 이 렇다.

가지 50~60센티미터

오이 40~50센티미터

토마토 40~50센티미터

누에콩 30~40센티미터

작은 순무 5~15센티미터

당근 10~15센티미터

수박 1~2미터

여기에 쓰인 수치의 뒤쪽, 가지라면 60센티미터, 수박이라면 2미터가 이상적이라지만 안타깝게도 내게는 2미터 간격으로 작물을 심을 토지는 없다. 60센티미터도 가능하면 피하고 싶은 마음이다.

나는 언제나 수치의 앞쪽, 최소치를 선택한다. 때로는 몇 센티미터 정도 수치를 속인다(누구에게 속이는지는 모르겠지만). 주간 40센티미터를 30센티미터로 좁히면 아무튼 네 줄기분 자리에 다섯 줄기를 심을 수 있다. 계산상으로는.

하지만 데이터는 냉엄하다. 모종이 아직 작을 때는 너무 넓지 않은가 생각했던 주간이 작물이 성장함에 따라 비좁고 답답해진다. 빽빽하게 키우는 편이 잘 자란다, 는 이야기도 지난번에 썼지만 이게 통용되는 것은 모종이 작은 시기뿐이다.

가지는 키가 작으니 그다지 공간이 필요하지 않겠지, 같은 생각으로 대수롭지 않게 여겼다가는 가지가 옆으로 옆으로 자란다. 금세 바로 옆 줄기의 가지와 서로 붙기 시작해 눈물을 흘리며 잘라내야 하는 일이 생긴다.

오이와 토마토도 성장기에 가지 정리나 곁순 잘라내기를 게을리하면 가지나 덩굴이 쑥쑥 자라 바로 옆 줄기끼리 서로 얽힌다.

지금 키우는 누에콩의 주간은 정확히 30센티미터. 모종의 높이는 아직 수확시기의 삼분의 일 정도인데 이미 옆에서 자라는 잎과 잎이 마주치는 상태다. 이것도 남길 가지 수를 줄일 수밖에 없다.

주간을 넓히면 심을 수 있는 줄기 수가 줄어든다. 그렇다고 해서 너무 좁게 심으면 한 줄기에서 수확할 수 있는 양이 줄어든다. 어떤 생물이나 적정한 활동을 유지하기 위한 적정한 공간이 필요하다.

알고는 있지만 나는 언제나 40보다는 30을 선택한다. 네 줄기보다 다섯 줄기를 선택하고 만다. 왜 그럴까요. 다른 사람에게 물어본들 소용없지만.

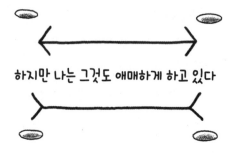

엄밀히 말하면 주간이란
모종을 심는 구멍의 가장자리부터 가장자리까지의 거리

하지만 나는 그것도 애매하게 하고 있다

지극히 작은 농장이거든

이야기가 다른 길로 새는데, 주간에 대해서 고민할 때 나는 어째서인지 인구문제로 생각이 흘러가버린다. 인류의 적정 공간은 얼마만큼일까? 지금 이대로 방치해두어도 괜찮은 걸까? 아니, 이것은 농담이 아니라 진심으로 생각한다.

인구가 이대로 계속해서 증가한다고 좋을 리가 없다. 주간 10센티미터로는 토마토도 수박도 자라지 않는다.

지구의 인구증가는 억제해야만 한다. 대부분 사람들이 그렇게 생각할 것이다. 하지만 신기하게도 이야기가 그대로 일본 인구문제로 옮겨오면 바로 인구감소는 심각한 문제,

라는 논조로 변한다. 왜 그럴까? 이상하지 않은가.

지구의 인구는 줄어야 한다.

일본의 인구는 줄면 곤란하다.

어떤 합리적인 이유와 데이터를 제시한다고 해도 다른 나라에서 보면 우리 아이만 편애해달라고 항의하는 극성 보호자의 모습과 마찬가지다.

저출생은 나쁜 것으로만 이야기되기 쉽지만 과연 그럴까? 확실히 급격한 인구감소는 이런저런 문제를 일으킬지도 모른다. 하지만 눈을 치켜뜨고 "큰일이다, 대책이 필요하다, 낳아라, 불려라" 하고 외친다고 해도 아이를 낳는 것은 국가가 아니다. 개개인이 선택할 일이다.

인구감소라는 현실을 받아들이고, 인구가 감소하는 세상에서 살아가는 방식을 생각하고 준비해야 한다. 슬슬 그런 시기가 온 것이 아닐까. 노동력 부족이 문제다, 라고 말한들 경기가 어려워지자마자 아무렇지 않게 해고하고 있지 않은가.

출생아 숫자가 줄어들어서 곤란한 것은 지금 살아 있는 우리다. 저출생 당사자들―태어난 지 얼마 안 된 어린아이들이나 앞으로 태어날 아이들을 생각한다면 지구의 인구과잉을 내버려두는 것은 폐를 끼치는 정도를 넘어 위험하다.

우선 발상만이라도 전환해둬야 한다. 자신이 죽은 후의 세계도 상상해둬야 한다. 10센티미터로 고민하는 속 좁은 남자지만 지나치게 자라는 가지의 줄기를 싹둑싹둑 자르면서, 뒤엉킨 오이 덩굴을 풀어주면서 문득 생각해보곤 한다.

그런 말 하는 우리 집 아이는 몇이냐고요?

두 명입니다. 인구가 늘지도 줄지도 않는.

2009년 2월 13일

🍪 누에콩밭 일곱 무사

이제 곧 봄이네요~

아침에 순무를 수확해보면 어떨까요~

순무가 얼마나 자랐는지 확인할 겸 수확해보았다.

최대 지름 5.5센티미터. 원래 작은 종이라 크기는 이렇다 지만 유난히 납작하고 여기저기 움푹 팬 것이 신경 쓰인다. 벌레가 먹은 것은 아니다. 으음, 왜지? 흙이 딱딱했나?

하루 중 해 질 무렵에는 터널 내부가 30도를 넘을 정도가 되었기 때문에 순무에 이어 당근 터널에도 통기 구멍을 냈다.

딸기와 누에콩은 순조롭다. 누에콩에는 올해 첫 덧거름을 준다. 용지는 멀티시트로 덮어뒀기 때문에 비료를 흙 속에 섞어 넣는 데 손이 조금 더 간다. 나는 굵은 원예용 기둥으로 시트에 둥글둥글 구멍을 뚫어 그 안으로 비료를 쓱쓱 집어넣는 나만의 방식을 취하고 있지만, 이번에는 커터로 시트를 잘라 비료를 뿌렸다.

특별한 이유는 없다. 마감 일정에 쫓겨 시간을 절약하고 싶었을 뿐이다.

잘라낸 시트는 은색 비닐테이프를 붙여 복원했다. 붙이는 김에 관계없는 곳에도 테이프를 붙였다. 여기에는 이유가 있다.

진딧물 피해를 막기 위해서다.

진딧물은 은색(빛의 난반사?)을 싫어한다고 한다. 초봄에는 항상 은색 테이프를 붙이거나, 멀티 아래에 꾸깃꾸깃 구긴 알루미늄포일을 끼우거나, 길게 자란 줄기를 받쳐주는 주변에 은색 종이를 길게 잘라 바람에 날리게 붙이기도 한다. 벌레를 피하는 용도로 만들어진 실버멀티라는 용품도 존재한다고는 하는데 안타깝게도 내가 이용하는 홈센터 두 곳에서는 본 적이 없다.

진딧물은 누에콩에게는 최대의 적이다. 우리 집 누에콩에 잘 붙는 것은 거뭇하고 날개가 달린 종이다. 봄이 되면 깨알에 날개가 난 것처럼 생긴 그 녀석들이 지독하게 습격해온다. 주로 노리는 부위는 줄기의 끝부분. 많이 발생하는 시기에는 매일 아침 보러 갈 때마다 누에콩 끝이 새까맣다.

벌레를 예방하기 위해 약제도 사용한다. 아세페이트 입상

수화제. 미리 줄기 밑동 부분이나 잎에 뿌려두면 약효가 작물 전체에 침투되는, 방제를 위한 약제다.

하지만 어떤 방법도 극적인 효과는 없다. 습격해오는 날짜를 늦추거나 세력을 줄이는 정도의 효과밖에 없어 수확의 계절이 가까워지면 역시나 누에콩 끝이 새까맣게 변해 있는 것을 발견한다.

녀석들은 반드시 찾아온다.

봄이 가까워진 누에콩밭에 선 나는 늘 일곱 무사를 고용한 마을 사람의 심경이다.

어떻게든 수를 써야 해. 딸자식은 잘 숨겨둬야만 해.

진딧물은 직접 콩깍지를 노리지는 않기 때문에 매일 아침 새까맣게 되어도 작물이 전멸에 달하는 정도의 피해를 입지는 않지만 줄기가 서서히 약해진다. 바지런히 퇴치하지 않으면 수확량이 줄어든다.

방어선이 무너졌을 경우 요격 방법은 살충제를 직접 살포하는 것이 일반적이지만 가능하면 살충제 사용은 피하고 싶다. 우유가 효과가 있다는 이야기를 듣고 몇 년 전부터 화학약품 대신 사용하는 중이다. 우유는 진딧물을 질식시키는 작용을 한다고 한다. 분명 효과는 탁월하다. 새까맣게 바글바글하던 진딧물이 금세 바글바글하지 않게 된다.

하지만 우유를 사용할 때는 어려운 점이 있다. 분무기가 금방 막혀버리는 것이다. 분무기가 막히면 입에 머금어 내뿜는다. 이것이 한층 더 어렵다. 분무기에 비해 낭비되는 양이 많아 우유가 아깝다. 게다가 귀찮다. 누에콩 한 포기 한 포기에는 제각각 예닐곱 개의 줄기가 뻗어 있다. 즉 화분을 포함해 열세 포기를 키우는 올해의 경우 13×6~7회. 답을 계산하고 싶지 않을 정도의 횟수를 해내야 한다.

동네 사람들 보기에도 좋지 않다. 우리 집 담장은 낮아서 길에서 정원 전체가 다 보인다. 다른 사람에게는 독특한 식물이 옹기종기 자라고 있는 것으로밖에 보이지 않는 누에콩 수풀 그늘에서 우유병을 한 손에 들고 볼을 부풀리고 있는 중년 남성의 모습은 필시 수상해 보일 것이다. 사람이 지나갈 때마다 나는 우유를 꿀꺽 삼켜버리니 효율은 더욱 나빠진다.

은색 종이, 아세페이트, 우유. 이상이 매년 내가 사용하는 진딧물 대책 세 가지다. 하지만 최근 1~2년 녀석들에게 수법을 읽힌 것 같은 기분만 든다. 농담이 아니라 정말로. 일단 아세페이트는 약물내성이 강하다. 같은 약을 계속 사용하면 성가신 적에게 인플루엔자 바이러스처럼 내성이 생겨버린다.

그래서 올해는 새로운 전법도 시험해보려 생각하고 있다.

하나는 커피. 진딧물이 냄새를 싫어한다고 한다. 커피찌 꺼기를 흙에 묻어둔다, 마시다 남은 커피를 직접 뿌린다. 둘 다 효과가 있다고 한다. 우유와의 상승효과를 노려 카페오 레 공격은 어떨까?

감귤류 껍질도 기피 작용을 한다고 한다. 껍질을 찢어서 뿌 리기만 하면 된다. 귤을 먹읍시다. 손톱이 노랗게 될 때까지.

진딧물의 천적이라고 하면 무당벌레. 정원에서 칠성무당 벌레를 발견하면 나는 반드시 누에콩 줄기에 올려준다. 무 당벌레는 놀라며 진딧물을 먹기는커녕 바로 날아가기 때문 에 제대로 일해주는 건지 어떤지 분명하지는 않지만. 올해 는 가까운 하천 부지에서 잔뜩 채집해올까? 무당벌레.

은색 종이, 아세페이트, 우유, 커피, 귤껍질, 무당벌레. 이 렇게 무사는 여섯 명.

나머지 한 명……이 아니고, 남은 하나는 손이다. 나의 손. 우유를 몇 번이고 한껏 사용하면 아내가 좋은 얼굴을 보 이지 않는다. 그래서 우유가 부족할 때는 마음을 접고 장갑 을 낀 손으로 부지런히 진딧물을 떼어서 없앤다. 사실은 이 방법이 가장 효과적이긴 하다.

이렇게 일곱 명.

자, 진딧물이여,

언제라도 와라.

아니 가능하면 오지 마.

2009년 2월 27일

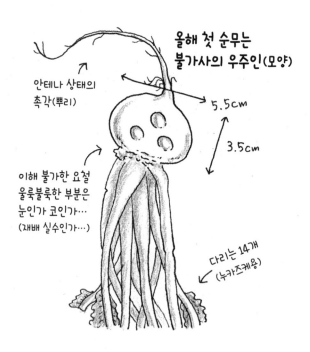

안테나 상태의
촉각(뿌리)

올해 첫 순무는
불가사의 우주인(모양)

5.5cm

3.5cm

이해 불가한 요철
울룩불룩한 부분은
눈인가 코인가…
(재배 실수인가…)

다리는 14개
(누카즈케용)

🍪 꿀벌을 기다리며

딸기꽃이 피었다. 과실의 화려함에 비하면 하얗고 작은, 어성초꽃을 닮은 수수한 꽃이다. 딸기는 화분 두 개에 두 포기씩 총 네 포기를 심었다. 처음 키워본다.

가정 텃밭에서는 인기종 중 하나지만 지금까지 나는 딸기를 멀리해왔다. 채소라기보다는 원예의 한 품종으로 생각되었기 때문이다. 대형 마트에서도 자주 관상용으로 커다란 화분에 팔고 있기도 하고.

마음이 변한 것은 작년 여름 친척 스즈키 씨의 농가에서 부지 가득히 늘어선 딸기 화분 모종을 슬쩍 봤을 때부터다. "줄기에서 자란 가지 아래에 항아리를 두면 거기에 뿌리가 나와서 새로운 줄기를 만들어"라는 이야기에 떡 줄 사람은 생각도 안 하는데 김칫국부터 마시기를 잘하는 나의 심리가 몹시 자극받은 것이다.

수수하다고는 하지만 딸기꽃 한가운데는 장래의 열매가
될 딸기 미니어처 같은 봉오리가 자라고 있다. 하지만 안타
깝게도 이 시기의 꽃은 좋은 열매로 성장하지 않는 모양이
라 떼어내는 편이 좋다고 한다.

나는 스즈키 씨를 '스승'이라고 내 마음대로 부르며 집안
의 관혼상제로 만날 때마다 채소에 대한 질문을 하는데 대
체로 이야기는 서로 통하지 않는다. 전문 농가와 풋내기 채
소밭에서 하는 일은 그 규모가 엄청나게 차이가 나기 때문
이다. 우리 집은 겨우 네 포기, 스즈키 씨의 딸기 수확량은
톤 단위. 전문가에게는 좋은 상품으로 출하하기까지의 과정
이 산더미처럼 많기 때문인지 세세한 부분은 의외로 적당히
넘어간다.

예를 들면 토마토. 가정 채소밭의 가이드북에는 대체로
토마토는 물을 약간 적은 듯 주라고 적혀 있다. 물을 주지
않을수록 당도가 높아진다는 설도 떠돌아다닌다. 하지만 스
즈키 씨에게 물어보니, "물을 많이 주면 과즙이 풍부한 토마
토로 자라고 물이 적으면 껍질이 질겨져" 이런 말뿐.

그런데 확실히 그 말대로였다. 재작년에 나는 장마철이
오기 전에 수확할 수 있도록 시기를 맞춰 토마토 모종을 심
어 빗물 이외에는 물을 전혀 주지 않고 키웠다. 토양과 재배

법에도 문제가 있었겠지만 결과는 맛은 평범하고 껍질만 질긴 토마토가 되어버렸다. 슈퍼마켓에서 파는 부드러운 토마토에 익숙한 아이들에게는 상당한 악평을 받았다.

너무 생각을 많이 하는 걸까? 뭐, 생각을 지나치게 많이 하기도 하고 괜한 일을 할 때도 있는 것이 풋내기 농장의 즐거움이니 하지 말라는 말을 들어도 그만두지 않을 테지만.

괜한 일을 지나치게 많이 하는 것일지도 모르는 나의 딸기 재배 순서는 다음과 같다. 겨울은 저온, 봄은 고온으로 키우는 것이 요령이라는 철칙을 충실하게 지켜 겨울 동안은 방한대책을 하지 않았던 딸기밭에 이제 볏짚을 덮는다. 그 위에 멀티시트를 덮는다. 비료도 준다. 본격적인 개화기가 올 때까지 너무 일찍 핀 꽃을 떼어내며 수분을 해줄 꿀벌을 기다린다.

이쯤에서 쓸데없이 지나친 생각을 해본다.

꿀벌은 과연 찾아올 것인가.

지금 세계 각지에서 꿀벌이 대거 사라지는 이상현상이 일어나고 있다고 한다. 미국에서는 반년 동안에(2006년 가을부터 2007년 봄까지) 30퍼센트가 줄었다. 일본도 그 영향을 받기 시작했을지도 모른다는 걱정과 두려움이 섞인 기사도 나오고 있다.

 벌 따위 없어도 상관없지 않나, 벌에 쏘일 걱정도 없고? 이런 이야기로 끝나지 않는 문제다. 무엇보다 전 세계의 수많은 작물이 열매를 맺기 위한 수분을 꿀벌에게 의지하고 있다. 겨우 네 포기의 딸기라면 붓으로 암술과 수술을 쓱쓱 문질러주는 방법도 있지만, 톤 단위로 재배하는 농가는 그런 방법은 생각할 수도 없다. 겨우 곤충 한 종의 존망이 인류의 존망으로 이어질지도 모르는 사태인 것이다.

 꿀벌 소멸(군집붕괴현상colony collapse disorder)의 원인은 해명되지 않았다. 농약설, 바이러스설, 스트레스설(벌도 스트레스를 받는다! 예를 들면 대형 농원에서는 한 종류의 꿀밖에 먹을 수 없다는 등의 이유로), 지구온난화에 따른 이상기상설 등 다양하게 거론되고 있다. 한 가지 요인이 아니라 복합적 원인이 작용한다는 이야기도 있다.

 환경문제 관련해서 과도한 반응이라는 의견도 많다. 에코 운운하는 게 위선이라든가, 재활용이 사실은 도움이 안 된다든가, 인간이 지구온난화를 유발한다는 설을 부정적인 데이터만 모은 결과라든가.

 분명 유행이나 강제 시책에 휘둘리는 부분도 있다. 무엇이 옳은가 더욱 냉정하게 정보를 살펴볼 필요가 있다. 다만 나의 빈약한 지식만으로 생각해봐도, 무엇을 어떻게 그럴듯하게 꾸며 말하든 지구에 대해 인간이 이런저런 쓸데없는 짓을 하고 있는 것은 사실이다. 아무것도 하지 않았다면 대부분의 문제는 일어나지 않았을 것이 분명하다.

다른 사람에 대해서는 말할 수 없다. 나만 해도 앞에서 진딧물 방제 대책에 대해 장황하게 쓴 주제에 꿀벌에 대해서는 정반대 이야기를 하고 있다. 난방을 한 방에서 두 대의 컴퓨터를 사용해 이 글을 쓰고 있다. 염치가 없고 뒤가 켕긴다. 따라서 아, 부끄러워, 하며 몸을 움츠리며 난방 설정온도를 2도 정도 내리는 것이 자기변호일지도 모르지만 내가 할 수 있는 사소한 한 걸음이다.

나는 결코 염세주의자는 아니지만 우주에서 객관적인 눈으로 본다면 지구와 다른 생명체에게 인간의 존재는 민폐다. 우리 집 누에콩밭의 진딧물과 똑같이. 그렇다고 해도 방제당하고 싶지는 않으니까 최소한 폐를 끼치고 있다는 것을 자각하며 지내고 있다. 죄송하다는 마음을 항상 마음 한편에 가지고 있으려고 한다.

아니, 걱정은 필요 없어. 지구온난화도 꿀벌의 소실도 어차피 자연계의 섭리 범위 안에서 일어난다고, 라는 의견도 있다.

그럴지도 모른다. 하지만 그렇다면 인간도 꿀벌처럼 갑자기 지구상에서 사라진다고 한들 불만을 말할 수는 없을 것이다.

2009년 3월 13일

🍪 유망 신인을 발굴하라

야구 시즌의 시작 봄.

야구에 대한 관심이 높아지고 있다.

WBC에서 일본 대표팀이 2연승.

이제 곧 일본 프로야구도 개막한다.

고시엔[일본 효고 현에 있는 야구 구장으로 매년 전국 고교야구 선수권대회가 열리면서 고교야구의 상징이 되었다]에서는 선발 고교야구.

고시엔의 네트 뒤에서는 프로야구 각 구단의 스카우터가 선수 누구누구를 보고 있다는 화제도 열기를 띠고 있는 요즘인데, 이렇게 말하는 나도 슬슬 스카우트 활동에 들어갈 생각이다.

채소 모종 스카우트 활동이다.

지금까지 이 에세이에서 나는 씨앗부터 키우는 것을 좋아한다고 거듭 말했지만, 토마토나 오이나 가지 같은 가정 텃밭의 거물급 스타들에 한해서는 이야기가 다르다. 여름에 수확하는 과채류는 4월, 늦어도 5월 초순까지는 튼튼한 모종으로 키우는 것이 바람직하고 그러기 위해서는 추운 시기에 씨를 뿌려 모종을 키우는 작업을 반드시 해야 한다. 온실이 없는 풋내기 농부에게는 어려운 일이다.

가정 텃밭의 가이드북에도 토오가(마음대로 줄여봤습니다. 토마토, 오이, 가지의 총칭)의 경우 씨앗을 뿌리는 방법에 대한 설명은 생략되어 있고, 갑자기 모종을 심는 방법 설명부터 시작하는 것이 많다. '잘 키우는 요령은 좋은 모종을 구하는 것'이라고 밑도 끝도 없는 말이 적혀 있기도 한다. 즉 프로야구로 말하자면 2군에서 하나하나 키울 필요 없이 바로 1군에 투입할 전력을 찾아야만 하는 것이다.

그런 연유로 야구 스카우터가 전국 방방곡곡을 누비며 눈에 띄는 선수를 발굴하듯이 초봄의 나는 유망주를 구하기 위해 동네를 누빈다.

주로 관찰하는 곳은 홈센터 A점, B점 및 채소 종류를 많이 다루는 대형 꽃집 C점.

어디가 좋은지는 일률적으로 말하기 힘들다. 작년 A점의 가지 성장이 좋았으니 올해도 같을 거라 생각하고 사들였다가 결과가 좋지 않을 때도 있는가 하면, 오이는 B점의 특정 품종만 심겠다는 생각으로 나가보면 그해에는 같은 품종이 나와 있지 않을 때도 있다. C점에는 그 품종이 품절이라는 상황을 접하기도 한다. 결국 뻔질나게 현장을 다니며 내 눈으로 확인하는 수밖에 없다.

흙이나 비료나 비품을 사기 위해 일주일에 한두 번은 홈센터에 다니다보니 이 시기에는 갈 때마다 채소 모종 코너를 체크한다. 하지만 일단 그 자리에서 바로 정하지는 않는다.

여하튼 지극히 작은 농장이다. 심을 수 있는 모종은 토오가 중 2종. 각각 네 포기 정도. 합계 여덟 포기. 신인선수 선발 인원과 거의 같다. 신중에 신중을 기한다. 겨우 모종 네 포기를 위해 3~4킬로미터 떨어진 홈센터 두 곳을 자전거로 왕복하는 일도 적지 않다. 이 열정을 전부 소설에 쏟아 넣으면 조금 더 괜찮은 글을 쓸 수 있지 않을까 하고 스스로 의심하면서.

홈센터의 경우 채소 모종은 토요일과 일요일에 대량으로 진열될 때가 많다. 따라서 올해는 어디에서 어떤 모종이 출하되는지를 파악한 후 주말에 승부에 나설 생각이다. 일요일보다는 토요일. 오후보다는 오전. 나는 아침을 늦게 시작하는 인간이므로 최선을 다해서 조금 일찍 일어나 현지로 향한다. 확증은 없지만 일찍 나가는 편이 그만큼 손을 대지 않은 원석을 만날 수 있을 것 같은 기분이 들기 때문이다.

막상 마트 앞에 가더라도 바로 결정은 내리지 못한다. 이번에는 줄줄이 늘어선 모종 박스 안에서 가장 뛰어난 재료를 가려내야만 하기 때문이다.

매번 고민이다. 프로야구의 스카우터는 선수의 엉덩이가 얼마나 큰지 보거나 어머니의 체격이나 체질을 본다는 이야기를 듣는데, 채소의 모종에는 엉덩이도 없을뿐더러 어머니도 없다.

뒷돈도 통하지 않는다. 하지만 늘어서 있는 모종 중에 '접붙이기 모종'을 발견했을 때는 돈 많은 어떤 구단처럼 돈을 아끼지 않고(모종 하나의 가격이 100~150엔 더 비싸진다) 지폐(1,000엔 지폐 한두 장)를 선뜻 꺼낸다.

접붙이기 모종은 연작장해나 병해에 강한 채소(호박인 경우가 많다)의 밑나무에 토오가를 접붙인 것. 분명 채소 모종계의 학교법인 PL학원[오사카에 있는 사립 중고교로 우수한 야구 선수를 배출한 학교로 유명하다], 도호쿠 후쿠시 대학[미야기 현 센다이에 있는 사립 대학으로 야구부가 유명하다]이다.

나는 모종을 위에서 보지 않고 옆에서 살펴본다. 키에 속아서는 안 된다. 야구 선수라면 장신은 플러스 요소 중 하나지만 채소 선수의 경우 키가 크면 무르고 웃자라는 체질이라는 증거로 오히려 마이너스 요소다.

줄기가 굵고 마디와 마디의 간격이 좁을수록 좋다. 잎은 크기보다는 윤기, 두께, 혹은 벌레가 먹지 않았는지가 중요하다. 이전에 솎아내기에 대해 쓴 글에서 남기는 모종을 고르는 조건과 기본은 같다. 호리호리한 체형보다 땅딸막한 체형이 바람직하다.

일본 프로야구 선수로 말하자면 다르빗슈 유 투수보다 사이타마 세이부 라이온즈의 나카무라 다케야 선수. 나카무라 선수에게는 대단히 죄송하지만 사실대로 말하자면 여성 팬이 적을 듯싶은 타입일수록 좋다.

이 계절의 나는 항상 홈센터나 꽃집의 채소 모종 코너에서 마루 아래에 있는 환기구를 점검 중인 모양새로 쭈그리고 앉아 스피드건을 붙잡은 스카우터에 버금가는 뜨거운 눈빛을 모종들에게 보낸다. 이쪽이 마디 사이가 1센티미터 좁은가, 줄기가 1밀리미터 굵은가 하며. 통행에 방해가 되었다면 죄송합니다.

이렇게 모종을 고르고 골라, 제대로 심은(스스로는 잘 심었다고 생각한다) 이상 아무런 문제는 없을 테지만, 그런데 매년 선발 1위였던 모종이 기대했던 만큼 성적을 내는가 하면 그렇지도 않다. 2, 3위, 때로는 선발 외의 선수(수가 부족하여

급히 더 구입한 모종)가 쑥쑥 성장하는 일도 있다.

어려운 일이다. 몇 년이나 농사를 지어도 채소는 모르겠다. 모르니까 재미있다.

어쨌든 드디어 본격적인 채소 농사 시즌 도래. 자, 올해야말로 풍년이길 바라며 기합을 넣는 이번 회로 이 연재는 끝입니다.

시시한 이야기만 가득했던 반년 동안 경청해주셔서 진심으로 감사합니다.

2009년 3월 27일

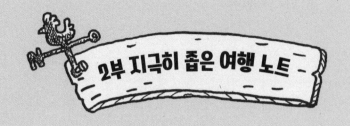

2부 지극히 좁은 여행 노트

〈트레인베르〉(JR동일본 신칸센 차내 잡지)
2013년 4월호~2015년 3월호에 수록

🐰 공백을 여행하다

심심할 때 백지도를 꺼내보세요. 일본전국지도. 인터넷에서 찾아보면 무료 샘플이 다양하게 올라와 있습니다.

아, 지금 신칸센 안인가요? 동일본 노선도라면 이 잡지의 어딘가에 있습니다. 나머지는 머릿속에서 상상해보는 걸로 괜찮겠습니까?

자, 그럼 문제를 내겠습니다.

지금까지 가본 적이 있는 지역을 색칠하세요. 단순히 통과한 장소는 제외하고 거리를 걷거나 식사를 하거나 확실히 발을 들여놓았던 장소만 칠합니다.

"이거 예전에 해본 적 있어"라는 목소리가 지금 들려오는 기분이 듭니다만, 자 일단은 저도 젊었을 적 해본 기억이 있습니다. 하얗게 남은 부분이 무척 많아서 제가 얼마나 여행 경험이 적은지 뼈저리게 느꼈습니다. 오랜만에 어떤가요?

꽤 늦었을지도 몰라요. 저도 해보겠습니다. 네? 이미 전국을 다 돌아봤다고요? 그런 방랑자 같은 분은 다른 페이지를 넘겨보세요. 아니면 기차역 도시락이라도.

그런 연유로 연필을 들고 색칠해보았다.

홋카이도는 오케이. 총 세 번 다녀왔다. 시레토코 반도에서는 노천 온천에도 들어갔고, 하코다테에서 유명한 럭키 피에로의 차이니즈 치킨버거도 먹었다.

아오모리는 올해 세 번째 방문한 지 얼마 되지 않았고, 이와테에는 취재다 뭐다 해서 다섯 번은 가봤다. 도호쿠 지역은 올 클리어, 라고 생각했는데 아키타가 남아 있었다.

나는 사이타마 출신이기 때문에 간토 지역은 빙글빙글 빈틈없이 전부 칠한다. 야마나시나 니가타도 종종 스키 타러 가는 장소다. 친척이 많은 나가노나 시즈오카도 빙글빙글.

하지만 여기서부터 다음 지역은 엉성해진다.

호쿠리쿠 지역에서 손이 멈췄다. 도야마, 이시카와, 후쿠이 이 세 곳은 새하얗다. 간사이 지역도 미에가 남아 있다.

이 정도가 전학이나 전근의 경험이 없고 행동적이라고 할 수 없는 삶을 살아온 동일본 인간의 한계인가. 산인 지역도 공백. 시코쿠 지역도 절반은 하얗다. 규슈 지역도 밟아보지 못한 현이 더 많다. 오키나와는 일 때문에 가본 것이 전부이기는 하지만 몇 번 가긴 했다.

나의 결과는 14개 현이 공백 상태다. 여러분은 어떠신가요? 거의 다 채웠다고요? 도시락 맛있게 드세요.

이렇게 지도의 빈칸을 바라보고 있으면 어쩐지 근질거린다.

맞추던 도중에 포기하고 남겨둔 조각을 어디에 넣어뒀는지 잊어버린 직소 퍼즐을 바라보고 있는 기분이다.

초밥을 담는 대형 그릇에 남아 있는 초밥 수를 세는 기분이다.

아직 보지 못한 장소가 더욱 매력적으로 느껴진다. 언젠가 조각을 맞춰야 할 텐데 하는 마음이 든다. 젓가락을 내밀어야지(아니, 발인가) 이런 마음이 급해진다. 죽기 전에 47도도부현[일본의 행정구역은 전부 47개로 1도都, 1도道, 2부府, 43현県으로 나뉜다] 전부를 답파하고 싶다고 간절히 빌어본다.

하지만 이런 생각도 한다. 공백을 전부 메우고 나면 쓸쓸하지 않을까. 최후의 땅에 내려서 "여한이 없어"라고 중얼거린 찰나에 틀니로 목구멍이 막혀 털썩 저세상으로 가버리는 것도 생각지 못할 것은 없다.

그러니 한 곳만 남겨둘까 싶기도 하다.

하지만 어디를?

승객 중에······

"승객 중에 의사선생님 계십니까?"

비행기 안에서 구급상황이 발생해 승무원이 긴박한 목소리로 방송을 한다. 드라마나 영화에서는 자주 등장하는 상황이지만 나는 현실세계에서는 한 번도 이런 상황에 마주친적이 없었다.

과거형으로 쓴 이유는 1년 전까지의 이야기이기 때문이다. 작년 이맘때쯤 이 상황을 처음 겪었다. 다만 비행기가아니라 신칸센의 차량 안에서.

내가 있던 차량은 거의 맨 뒤쪽이었다. 안내방송에 따르면구급환자가 발생한 차량은 바로 뒤칸이었다. 급히 달려가는의사를 목격할 확률이 상당히 높았다. 어떤 사람이 올까? 나는 계속 통로 끝에 있는 문을 지켜봤다. 조마조마하며, 보다는 응급환자에게는 죄송하지만 흥미진진한 마음으로.

한동안 아무도 모습을 드러내지 않았다. 대부분의 차량이 만석에 가까워 보였는데 의사가 그렇게 때맞춰 타고 있지는 않은가보다고 포기하려던 참에 드디어 한 사람이 나타났다.

30대로 보이는, 캐주얼한 정장을 입은 영업사원 분위기. 성큼성큼 큰 걸음으로 통로를 걸어 뒤쪽으로 사라져갔다. 그다지 의사처럼 보이지는 않았다.

사람을 겉모습으로 판단해서는 안 되지요. 하지만 개인적으로는 그 사람에게 진찰받고 싶지는 않은데. "지금 이 증상은 위험한 상태예요. 수술하시죠. 지금 수액 추가서비스 실시 중이거든요"라고 말할 것 같다는 생각을 하는 겨우 일이 분 사이에 남자는 되돌아왔다.

그랬다. 여기와 옆 차량 사이에는 화장실이 있었던 것이다. 오해했잖아.

결국 의사처럼 보이는 인물은 나타나지 않았다(환자는 도쿄역에서 스트레처에 실려 갔지만 심각한 상태에 빠지지는 않은 모양이었다).

그때 나는 생각했다. 이런 장면에서 조용히 자리에서 일어날 수 있으면 멋있을 텐데, 하고. 안내방송으로 소설가를 찾을 상황이 과연 있을 것인가, 하고.

"승객 중에 간호사 계십니까?"

이것도 흔히 있을 것이다.

"승객 중에 파일럿 계십니까?"

무서운 상황이지만 가능성은 있을 것 같다.

"승객 중에 경찰 계십니까?"

오리엔트 특급 같다.

"승객 중에 스모 선수분들 계십니까?"

난폭한 행동을 하는 승객을 붙잡는다든가 기체나 차체의 중량 균형을 잡아야 할 상황에 놓인 케이스.

하지만 생각해볼 것도 없이 "승객 중에 소설가 계십니까?" 이런 상황은 없다.

긴급시 도움이 되지 않는 직업 순위가 있다면 소설가는 상당히 상위를 차지할 것이 분명하다. 나는 세상에 무언가 도움이 되는 걸까? 그런 근원적인 자문에 풀이 죽었다.

불러준다면 낭독이든 즉흥 콩트 만들기든 할 수 있는 것은 무엇이든 할 텐데.

🐸 스즈키 씨는 알 턱이 없다

오기와라荻原는 본명입니다만, 이 성은 꽤나 성가십니다. 반드시라고 해도 좋을 만큼 하기와라萩原로 잘못 불린다. 여기에서 이렇게 쓰는데도 "응? 어디가 다른 거야?", "이 글 쓰는 사람 이름 하기와라 아니었어?"라며 고개를 갸웃거릴 것 같아서 무섭다.

병원이나 어떤 접수처에서 "하기와라 씨"라고 불려도 나는 주저하지 않고 일어선다. 영수증에 이름이 필요하다면 직접 말하지 않고 종이에 쓴다. 어릴 때부터 잘못 불리는 것에 익숙해져서 생긴 슬픈 습관이다.

서점에서 작가 이름 순서로 '하'행 책장에 내 책이 꽂혀 있는 것을 발견한 일은 한두 번이 아니다. 아무리 그래도 저서의 표지에 이름이 잘못 인쇄된 일은 없지만, 사실은 책 뒤쪽에 들어간 저자소개가 '하기와라'가 된 책이 한 권 있다.

예전에 "하기와라든 오기와라든 어느 쪽이라도 상관없어!"라는 개그를 했던 개그맨(후카와였던가 데카와였던가 하는 사람)이 있었는데 상관없지 않다!

불과 얼마 전에도 신사에 고마후타[재앙이나 악업을 불태워 없애는 의식을 한 후에 받는 일종의 부적]를 받으러 갔을 때 한참을 기다려야 했다. 창구 뒤쪽에 이름을 아이우에오순[우리나라로 치면 가나다순]으로 나눠둔 선반이 있었다. 담당자는 내가 말한 대로 '오'의 선반에서 찾아봤지만 나오지 않았다. 아아, 늘 있는 그 상황이구나, 하고 보고만 있을 수 없어 말을 걸려는 순간 '하'의 선반에서 나왔다.

하지만 일본은 넓다. 아마도 유일할 텐데, 오기와라라는 성이 희귀하지 않은 토지도 있다. 나가노다. 나가노 현민 성씨 순위를 보면 오기와라는 51위라고 한다. 48위인 '가토加藤'와 근소한 차. '요시다吉田'나 '마쓰모토松本'보다 순위가 높다. 후후, 기쁘다. 이 기분 스즈키鈴木 씨나 사토佐藤 씨는 알 턱이 없다.[스즈키와 사토는 일본에서 가장 흔한 성이다]

아마도 가문의 뿌리가 나가노에 있기 때문일 거라고 생각한다. 실제로 할아버지는 나가노 현 출신이고 친척도 많다. 어릴 때는 여름방학 때마다 나가노에 갔다. 신칸센이 아직 없던 시절이니까 다카사키센과 신에쓰혼센을 타고 느릿

느릿. 사이타마에서 태어난 나에게는 도쿄와 다름없을 정도로 가깝게 느껴지는 장소였다. 나가노에 가면 다른 곳에서는 거의 눈에 보이지 않던 간판을 여기저기에서 볼 수 있다. '오기와라 상점', '오기와라 농원', '오기와라 제작소'. 특별히 친척은 아니지만 타인이라는 생각이 들지 않는다. 외국에서 일본어 간판을 발견했을 때의 기분이다. 오오, 너희도 열심히 힘내고 있구나, 하기와라에게 지지 마, 하고 마음속으로 응원을 보낸다.

그건 그렇고 이렇게 자신의 이름을 계속 부르는 글을 쓰는 것은 처음이다. 부끄럽기는 하지만 마지막으로 하나만 더.

사실은 오기와라라는 성은 '오기와라'와 '오기하라' 두 가지 발음이 있다. 그중 우리 집은 정식으로는 더욱 소수파인 '오기하라'라고 한다.

제발 이제 그만 좀 봐줘. '오기/하기' 문제만으로도 호되게 고생하고 있다고.

형이나 동생은 성실하게 '정식'을 지키고 있지만 나는 더이상 복잡한 것은 피하고 싶으므로 학창시절부터 쭉 '오기와라'로 버티고 있다. 이력서도 신청서류도 여권도. 마음대로 성을 바꿔버린 것이기는 하지만 특별히 아무런 문제도 없다. 호적이란 게 의외로 허술한 부분이 있다.

🐣 그래도 하늘은 푸르다

아오모리에 다녀왔다.

슬픈 일이 있어서다.

30년을 가깝게 지내던 친구가 갑자기 세상을 떠나 그 장례식에 참석하기 위해서였다.

옛날에 내가 광고회사에 근무하던 때의 동료다. 요코하마에서 프리랜서로 그래픽디자이너를 하던 사람이다. 나와 동갑으로 쉰여섯 살이었다.

술을 즐겨 마시는 친구로 반년 전에 마지막으로(병원 이외의 장소에서) 만났을 때도 평소와 다름없이 벌컥벌컥 마셨었다. 암이라는 진단을 받고 세상을 떠나기까지 겨우 한 달. 거짓말이라는 말밖에 나오지 않는 죽음이었다.

화장은 요코하마에서 했지만 그와 그의 아내가 고향이 같아 가족과 아는 사람 대부분이 아오모리에 살고 있다. 그래서 장례식은 그쪽에서 진행한 것 같다. 고쇼가와라 시의 가나기마치라는 곳이다.

아오모리에는 몇 번이나 간 적이 있지만 초여름 방문은 처음이었다.

화창하게 맑은 날이었다. 햇볕은 강하지만 바람은 선선했다. 상복을 입고 덥지도 춥지도 않은 날은 도쿄에서는 흔하지 않다.

하늘도 눈물을 흘린다든가 마음이 하늘에 통했다든가, 관혼상제 때 사람은 그날의 날씨와 관련지어 감상적인 말을 하지만, 비는 인간의 사정과는 아무런 관계없이 내린다. 하늘은 맑았다. 화장하던 날은 비가 내렸다.

가나기마치는 깨끗한 마을이었다. 벚꽃과 사과꽃이 함께 피어 있었다. 친구는 종종 자랑했었다. "우리 집 다자이 오사무가 태어난 집이랑 가까워"라고.

그래봐야 같은 마을 안에 있을 뿐이겠지 생각했는데 정말로 다자이의 생가 샤요칸斜陽館이 바로 옆에 있었다. 워낙 작은 마을이라 마을 전체가 옆집 같은 느낌이다.

장례식을 치른 날 바로 납골했다. 다자이 오사무 가문의 위패를 모신 곳과 같은 절로, 묘지도 바로 근처였다. 아오모리에서는 납골항아리째 넣지 않고 뼈를 주워 직접 묘석 아래에 넣어 땅으로 돌려보낸다.

죽기에 너무 이른 나이였다고 장례식에 모인 사람들이 말했다. 나도 그렇게 생각한다. 하지만 '너무 이른 죽음'이라고는 생각하고 싶지 않다.

내가 젊었을 무렵 광고업계는 말도 안 되게 바빴다. 우리가 몸담았던 회사도 그랬다. 철야는 일상다반사. 며칠이고 집에 돌아가지 못하는 것도 당연했다. 그런데도 시간이 조금만 생기면 술을 마시러 갔다. 수석디자이너였던 그는 누구보다도 잠을 자지 않았을 것이다.

그러니 그는 다른 사람이 보낼 평생분의 낮시간만큼 살았다고 생각하고 싶다. 최근 수년은 옛날 죄를 갚기라도 하려는 듯 아내와 매달 온천여행을 갔다고 하고, 딸도 결혼했다. 할 일은 다 한 것이다.

내가 동갑이라서인지 "(건강)검사는 제대로 받아보는 게 좋아"라는 말을 몇 명에게나 들었다. 그의 아내에게도(그도 보통사람들만큼 건강검진은 받았다고 한다). 하지만 나는 다른 것을 생각했다.

더 이상 죽는 것이 너무 이른 나이가 아니니까 하고 싶은 대로 하고 살자고.

사람의 죽음은 불공평한 뽑기다. 뽑기에 당첨될 때까지는 살아야 한다. '죽고 싶어'라고 말하는 사람이 있다면 조금만 더 살고 싶다고 생각하는 사람에게 수명을 나눠줬으면.

국경의 긴 터널을 빠져나오면 또다시 터널이 있었다

오직 터널 수를 세어보기 위해 기차를 타고 여행을 떠난 적이 있다. 도쿄에서 조에쓰신칸센을 타고 가다 특급으로 갈아타고 나오에쓰 끝에 있는 해안까지.

특별히 터널을 편애하는 터널 마니아라서가 아니다. 마음에 깊은 상처를 입어서도 아니다. 터널을 모티브로 한 단편소설을 쓰기 위해서였다.

4년 전 봄이었다. 도쿄 역에서 아침식사로 산 도시락을 먹으면서 산간부에 가까워질 때까지 한동안 느긋하게 풍경을 바라보며 시간을 보냈다.

나는 여행을 할 때 기차의 창밖으로 풍경을 바라보는 것을 좋아해서, 혼자이거나 동행자가 잠이 들었을 때는 대개 바깥 풍경을 바라본다. 긴 여행일 때는 책 한 권 정도는 가지고 나오지만 거의 읽지 않고 그저 바깥 풍경만 바라볼 뿐이다.

사이타마 남부와 도쿄 구區 지역, 산이라고는 제대로 보이지 않는 장소에서만 살아와서 산을 바라보는 것이 좋다. 논이나 밭을 보는 것도 좋아한다. 기차가 터널에 들어가면 그제야 책장을 넘긴다. 오호, 〈트레인베르〉라는 차내 잡지가 있었구나. 처음 알았네.

그때는 완전히 반대였다. 풍경을 바라보지 않는 여행. 어둠을 바라보는 여행이다.

다카사키를 지나자마자 갑자기 바빠졌다. 그저 터널 수를 세는 것뿐 아니라 각각의 터널을 통과할 때 걸리는 소요시간을 측정하고(제일 긴 곳은 다이시미즈 터널로 팔 분 조금 넘게 걸렸다. 제일 짧은 곳은 이름 모를 터널로 몇 초.), 기차가 들어갈 때와 나올 때의 소리에 귀를 기울이고, 터널 안을 밝히는 유도등의 색과 위치도 하나하나 메모했다. 터널을 빠져나올 때마다 즉시 밖의 풍경을 촬영. 완전히 수상한 사람이다. 옆자리에 승객은 없었지만, 만약 있었으면 꺼림칙한 기분이 들었을 것이다.

물론 터널이 많은 것을 미리 알고 선택한 경로였지만, 그래도 정말 많았다. 그리고 길었다. 에치고유자와에서 지역선으로 갈아탄 후에는 삼분의 이 정도의 시간을 터널 안을 달렸던 것 같다.

신기한 체험이었다. 보통은 터널이 차창 풍경을 차단하는 다른 세계 같은데, 터널에 오랫동안 있다보니 어쩌다 나타나는 창밖 풍경이 다른 세계로 느껴졌다.

실제로 긴 터널을 빠져나와 나타나는 광경은 초현실적이다. 마을이라고 부를 만한 장소를 통과했는데 잠깐 어둠을 지나왔더니 깊은 숲속으로 바뀌어 있기도 하고, 들어가기 전에는 푸르던 하늘이 산을 빠져나오자 비가 내리기도 한다. 플래시백을 많이 사용한 영화를 보는 느낌이다.

좁고 긴 어둠만 바라보고 있으면 갑자기 나타나는 빛이 무척 눈부시다. 밀려오는 다채로운 풍경에 머리가 어질해진다. 태아가 엄마의 배 속에서 나오는 순간이 이럴지도 모르겠다는 생각을 하며 단편에도 그 이야기를 썼다.

참고로 터널이 몇 개였는가. 소설에는 쓰지 않았기 때문에 이 글을 마무리하기 위해 그때의 취재 노트를 찾아봤다. 하지만 버린 기억이 없는데 도저히 찾을 수가 없다. 좁은 일 터지만 정리정돈과는 인연이 없어 자료나 원고가 여기저기 쌓여 지층을 만들어가고 있기 때문이다. 으음. 이쪽 살짝 지저분한 다른 세계는 어떻게 좀 해야지.

🥔 심오한 끝말잇기의 세계

먼 길을 가야 하는 여행은 심심하지요.

끝말잇기라도 하지 않을래요?

그러면 시리토리しりとり[끝말잇기]의 '리'부터. 자 시작.

여행을 할 때 기차 안에서 하는 게임으로 끝말잇기는 최강이다. 도구가 필요 없다. 몇 명이라도 참가할 수 있다. 가볍게 시작할 수 있고 언제든 끝낼 수 있다. 돈도 들지 않는다.

우리 가족은 자식 둘이 이미 성인이 되었지만 가끔 가족 여행을 갈 때면 여전히 끝말잇기를 한다. 오히려 가족 전원이 어른이 되어서 처음으로 끝말잇기의 깊이를 깨달았다.

끝말잇기를 얕봐서는 안 된다. 아이들이 어렸을 때는 "리스リス[다람쥐]", "스이카スイカ[수박]", "카메カメ[거북이]", "메다카メダカ[송사리]", "카파カッパ[갓파河童, 물속에 산다는 어린아이 모양의 상상 속 동물]", "파리パリ[프랑스 수도]", "리스", "리스는 이미 나왔어."

이런 식의 빤히 보이는 놀이였지만, 우리 가족은 이제 자신의 지식과 두뇌와 자존심을 건 진검승부를 벌인다. 무엇보다 오랫동안 해오면서 규칙이 복잡해졌다.

이를테면 장르 제한. 사용할 수 있는 어휘를 '음식', '지명', '인물' 등으로 한정한다. "린도바구[찰스 린드버그. 미국의 비행사]", "구시켄 요우코우[올바른 표기는 구시켄 요코. 일본의 권투 선수 출신 방송인]", "우타다 히카루[일본 싱어송라이터]", "루? 루, 루, 루루루루……."

이런 식이다.

'인물'을 더욱 세분화하해 '뮤지션 한정'으로 하면 이번에는 아들과 딸의 독무대다. 나의 오래된 뇌가 끌어내는 기억은 옛날 사람들뿐이어서, 가족 네 명 중 본인 이외에 다른 세 명이 모르면 엔지라고 정해졌으므로 같은 급으로 오래된 아내의 뇌가 기억하지 못하면 탈락이다.

"루…… 루이 아무스토론구[루이 암스트롱. 미국 재즈트럼펫 연주자이자 가수]."

"프로레슬러야? 자, 탈락."

"뭐라고!"

글자수 제한이라는 규칙도 있다. 즉, '다섯 글자 제한'의 경우, "리쿠에스토リクエスト[리퀘스트]", "토우가라시とうがらし[고추]", "신분시しんぶんし[신문지]", "신주쿠しんじゅく[도쿄 최대 번화가]", "쿠로비루くろビール[흑맥주]", "루? 루루루루……루?"

이런 느낌이다. 글자수와 장르, 두 가지를 동시에 제한하면 상당히 장렬한 배틀을 즐길 수 있다.

최근에는 '글자수 늘리기'라는 새로운 규칙도 채용한다. 제일 처음 두 글자로 시작해서 다음에는 세 글자, 점점 수를 늘려가는 것이다.

"리스", "스이카", "카쓰레쓰カッレッ[커틀릿]", "쓰키미소바ツキミソバ[메밀국수에 달걀노른자를 올린 모습이 보름달처럼 보인다고 해서 '쓰키미月見'라는 명칭이 붙었다]".

참, 끝말잇기의 효능이 또 하나 있다. 서로의 마음을 알수 있다. 저도 모르게 한 사람 한 사람의 잠재의식이 겉으로 드러난다. 음식이라고 제한을 한 것도 아닌데 먹는 것 관련된 단어가 많이 나온다면 슬슬 식사를 하자는 모두의 목소리일 때도 있다.

"바베큐우バーベキュウ[바비큐]", "우란바토루ウランバートル[울란바토르. 몽골의 수도]", "루, 루루루루루?"

그리고 이미 눈치채셨겠지요. 끝말잇기의 필승법은 '루'로 끝나는 단어로 상대를 공격하는 것. 반대로 말하자면 '루'로 시작하는 단어를 많이 외워두는 것이 최대의 방어법이다.

끝말잇기의 생각도 못한 심오함을 이해하셨나요? 그러면 실전에 임해볼까요? 중급편으로 다섯 글자 한정입니다. 시리토리의 '리'부터. 시작은 제가 하겠습니다.

리사이쿠루リサイクル[리사이클].

🐰 아이디어는 전철 밖에 떨어져 있다

소설가로 살다보면 자주 듣는 질문이 있다.

'아이디어는 어떻게 찾는가?'

오히려 내게 누가 가르쳐줬으면 좋겠다. 그것만 안다면 빌려준 돈 받으러 다니는 사람처럼 가차 없이 발소리를 크게 울리며 가까워지는 마감에 비지땀을 흘리거나 머리를 싸매거나 도망갈까 반쯤 진심으로 생각하거나 연재호가 백지인 채로 세상에 나오는 꿈에 시달리거나 하지 않을 텐데.

안타깝게도 나는 퐁퐁 솟는 샘물처럼 아이디어가 넘쳐나는 두뇌를 가지지 못했기 때문에 소설의 소재나 전개나 핵심이 되는 단어 등은 나올 때까지 오로지 기다린다는 것이 기본자세다.

'나온다'고 말했지만 '머리를 써서 열심히 짜낸다'는 느낌이 아니라 어느 순간 갑자기 소나기처럼 '내려온다'고 말

112

하는 편이 실제에 가깝다. 언제 내릴지, 양은 얼마나 내릴지 스스로도 알 수 없고, 기상캐스터가 알려주는 것도 아니다.

다만 몇 년이나 이 일을 하는 사이에 경험으로 알게 된 것이 있다. 그것은 가만히 있으면 안 된다는 것이다.

책상에 자신을 동여매고 컴퓨터 모니터를 노려본다고 해도 좋은 것은 전혀 없다. 눈을 감고 명상하는 것도 큰 효과는 기대하기 힘들다. 옛날 옛적 과학자 중에는 욕조 안에서 큰 발견을 한 사람도 있지만 나는 욕조에 오랫동안 몸을 담그고 있는 것도 싫어하기 때문에 이 방법도 안 된다.

나는 대부분 이동 중에 아이디어가 내려온다. 걸어갈 때. 작업실까지 자전거로 한창 이동하고 있을 때. 전철을 타고 있을 때. 그때마다 허둥지둥 메모하거나 머릿속에서 떠오른 말을 반복해 암송하며 작업실로 서둘러 달린다.

그래서 아이디어가 떠오르지 않아 막혔을 때는 우선은 집 밖으로 나간다. 걷는다. 자전거로 달린다. 때로는 목적지도 정하지 않고 전철을 탄다.

이것은 특별히 개인적인 징크스가 아니라 의외로 일리가 있어서 다른 사람에게도 통할 것 같다.

예전에 광고제작 회사에 갓 입사했을 때 선배에게 이런 말을 들었다.

"아이디어가 떠오르지 않으면 야마노테센[서울 2호선처럼 도쿄 도심을 순환하는 지하철 노선]을 타고 한 바퀴 돌고 와."

요컨대 인간의 두뇌는 몸이 적당히 움직이거나 시신경으로 늘 새로운 정보가 들어오는 환경에 놓이면 회전이 좋아진다, 그런 것이 아닐까. 그 분야의 전문 지식이 있는 것도 아니고 제대로 조사해보지도 않고 그저 감으로 말하고 있을 뿐이지만.

기차 안에 있는 여러분. 만약 지금 무언가 아이디어를 찾는다면 우선은 창밖을 내다보면 어떨까.

과거의 경험에서 말하자면 너무 골똘히 생각해도 안 된다. 그렇다고 전부 잊어버리고 그저 멍하니 있어도 안 된다. '내가 뭘 생각하고 있었더라?' 하고 남의 일처럼 생각을 다시 해보며 너무 빠르게 변하지 않는 조금 먼 풍경을 좇지 않는 듯 좇는다.

끝없이 펼쳐진 논 풍경이나 무언가 형상을 상상하게 만드는 구름 속이나, 아이디어는 생각도 못한 곳에 떨어져 있곤 한다.

🐥 도시락은 이벤트

에키벤[일본 각지의 철도역에서 지역 특산 메뉴를 담아 판매하는 도시락]을 좋아한다. 이 〈트레인베르〉도 글이 게재된 호가 배송되어 오면 내 글이 실린 페이지보다도 먼저 잡지 앞쪽에 있는 이번 달의 에키벤 페이지를 들여다본다.

평소에는 전단지를 자세히 살펴보지도 않으면서 백화점에서 에키벤 페어 홍보 전단지를 발견하면 숙독한다. 장소와 시간이 허락된다면 실제로 사러 나간다. 그리고 집으로 가지고 돌아와 우리 집 식탁에서 먹거나 백화점 옥상의 벤치에서 먹으면서 문득 생각한다.

응? 뭔가 다른데? 하고.

당연히 맛있지만 뭔가 부족한 위화감이 느껴진다. 라멘에 죽순이 들어 있지 않을 때 같은. 머스터드를 뿌리지 않은 핫도그를 먹고 있는 것 같은.

그래, 부족한 것은 기차다.

한 젓가락마다 변하는 차창 밖 풍경이 없다. 미세한 진동이나 비좁은 접이식 테이블이나 음료수를 놓아둘 창가의 돌출부가 없다.

에키벤은 기차라는 무대장치가 있을 때 제맛을 느낄 수 있는 음식이다. 아니, 단순한 음식이 아니라 여행 중의 작은 이벤트다.

우선 고르는 재미가 있다.

일을 하러 가는 여행인지 개인적인 여행인지, 가는 길인지 돌아오는 길인지에 따라 무엇을 고를지도 달라진다.

어쩌다 많은 사람 앞에서 이야기해야 하는 일을 앞두고 있을 때는 배가 부르지 않을 정도의 양이지만 그래도 힘이 날 만한 메뉴. 집으로 돌아가는 길이라면 맥주 안주로 적당한지가 중요하기도 하다.

50대 중반을 지난 지금도 나는 무조건 열심히 육식파(음식에 관해서만 그렇지만)인데 에키벤을 고를 때는 어째서인지 산뜻한 일식계열 도시락에 마음이 끌린다.

아마도 머릿속에서 육식 짐승인 내게 선승처럼 진리를 깨달은 또 하나의 내가 '할'[불교 용어로 잘못을 꾸짖을 때 지르는 고함]이라고 외치며 경책[좌선을 할 때 졸음이나 사념을 쫓기 위해 어깨를 치는 넓적한 막대기를 내리치는 것이다. 어깨가 아닌 배 주위를. 모처럼 먹는 에키벤인데 고기로 괜찮겠어? 지역 소고기라면 슈퍼마켓에서도 팔잖아. 이곳 산채를 먹지 않고 이 지방을 이야기할 수 있다고 생각해? 하고.

도시락과 음료수를 담은 봉투를 들고 자리에 앉으면 이번에는 언제부터 먹기 시작할지 생각한다.

도쿄에서 출발할 때는 복작복작한 건물이 늘어선 거리를 보며 먹기보다 경치가 좋은 장소를 지날 때가 되면 먹겠다는 계획을 세우기도 한다. 결국 참지 못하고 사이타마나 요코하마 끄트머리 같은 어중간한 곳에서 뚜껑을 열어버리는 일이 많지만.

집으로 돌아가는 기차에서는 맥주를 두 캔 사서, 첫 번째 캔은 맥주에 전념, 두 번째 캔은 중간쯤부터 안주와 함께, 라는 소소한 이벤트를 기획한다. 그런데 대체로 첫 번째 캔부터 도시락을 열어버려 나중에는 남은 흰밥만 안주 삼아 마시곤 한다.

대체 왜 그럴까? 도시락에 둘러진 종이를 바라보는 사이에 나도 모르게 홀홀 포장끈을 풀어버린다. 에키벤의 매력인지 냄새에 유혹되었는지 단순히 내가 바보인지.

자, 열어버린 이상 먹기 시작한다. 그리고 생각한다.

응? 뭔가 다른데? 하고.

기차 안에서도 역시나 생각한다. 이 위화감의 정체는 다른 종류의 에키벤을 고르는 편이 좋았을까 하는 후회다.

그건 그거대로 에키벤의 묘미다.

🐣 비를 몰고 다니는 사람

어느 쪽인가 하면 아메오토코雨男다.[중요한 일이 있을 때 비를 몰고 다니는 사람을 일컫는 표현으로 남성은 아메오토코, 여성은 아메온나雨女 라고 부른다]

여행지에서는 날씨가 안 좋을 때가 많다. 최근 여행에 관해서 말하자면 2연패 중. 야마나시에 2박 3일 일정으로 갔을 때는 이틀 동안 비가 내렸다. 규슈에 갔을 때는 도쿄는 맑았는데 공항에 내리자마자 장대비가.

여행지만이 아니다. 이 원고를 쓰고 있는 며칠 동안에도 야외에서 인터뷰를 할 일이 있었는데 이틀 연속으로 비가 방해해서 결국 장소를 실내로 변경했다.

아메오토코. 혹은 아메온나. 생각해보면 묘한 단어다. 인간의 힘으로 날씨를 바꿀 수 있을 리가 없다. 그런데 한 번 딱지가 붙거나 스스로 그렇게 부르고 나면 되돌릴 수 없다.

야마나시에서 돌아오는 날은 비가 오는데도 불구하고 모처럼 근처까지 왔다는 핑계로 후지산 고고메五合目[후지산 높이에 따라 1~10고메로 각 지점을 나눠서 부른다]에 올랐다. 제대로 보지 못할 거라 생각했는데 산 위는 기적처럼 맑은 하늘이었다. 함께 갔던 아내는 자랑스레 말했다. "내가 하레온나晴れ女[아메온나와는 반대로 중요한 때에 늘 날씨가 맑은 여성]라서 그래."

아니, 그건 아니지 않나? 라고 생각하면서도 어째서인지 아메오토코의 어깨는 움츠러든다.

이런 게 바넘 효과라고 생각한다.

바넘 효과란 '누구에게나 해당하는 것을 마치 자신의 일인 양 생각해버리는 심리'를 가리킨다. 혈액형 진단이나 별자리 운세 같은 것을 '잘 맞는다'고 느끼는 것도 이 바넘 효과 때문이라고 한다. "때로는 화를 내기도 하지만 당신은 원래 상냥한 성격", "당신 안에 타인이 평가하는 것 이상의 능력을 숨겨두고 있다"는 이야기를 들으면 분명 당신은 예스라고 대답할 것이다. 사실은 모두가 그렇다.

"당신이 외출하면 비가 내리는 일이 많지 않나요?"

이런 질문에 '예스'라고 답했다면 그걸로 끝, 이제 당신은 스스로 비를 몰고 다니는 사람이라고 인정한 것이다.

그렇다, 비를 몰고 다니는 사람은 이 세상에 존재하지 않는다. 미신과 억측의 산물. 완전히 부정하고 싶다고 아메오토코는 생각한다. 생각은 하지만 세상에는 아직도 사람의 인지를 넘어선 괴기한 존재가 있다는 것 또한 완전히 부정할 수는 없다.

무엇보다 나는 요괴급 아메온나를 한 명 알고 있다. 다른 누구도 아닌 나의 모친이다.

어릴 적부터 어머니와 함께 외출을 할 때는 비가 자주 내렸다. 문을 연 순간 비가 내리기 시작하는 일도 드물지 않았다.

어머니와 둘이서 외출하는 일이 거의 없는 아버지가 어느 순간 무슨 생각을 했는지 프로야구 관람을 가자고 해서 부부 둘이서 외출했다. 어머니는 야구 관람이 처음이었다. 쾌청한 날이었다. 경기 시작을 알리는 소리가 울린 순간 후드득 소리를 내며 비가 쏟아지기 시작해 투수가 공을 한 개도 던지지 못하고 경기는 중단.

사촌과 아이들을 데리고 해변에 며칠 일정으로 놀러 갔을 때, 둘째 날 본가에 있던 어머니에게서 연락이 왔다. "나도 갈게." 모두가 얼굴이 새파랗게 질렸다. 이건 곤란해. 다음 날 "이제 금방 도착해~" 어머니가 역에서 연락을 한 순간 하늘이 갑자기 흐려지더니 천둥소리가……. 믿기 어렵겠지만 실화입니다. 가뭄이 계속되는 땅에 가면 신으로 대접

받을 텐데.

최근 몇 년은 어머니가 멀리 외출을 해도 비가 내리지 않게 되었다. 모두가 이렇게 말한다.

"나이를 먹어서 마력이 약해졌나봐."

결국 요괴 취급이다. 불쌍한 아메온나.

🐰 역 데자뷔

처음 간 장소인데 어쩐지 그리운 감정이 일어나며 언젠가 본 적이 있다는 기분이 든다.

흔히 말하는 데자뷔라는 것. 경험해본 적 있으신가요? 나는 어릴 적에는 많았던 것 같습니다.

소풍인지 숲속 학교였는지 터벅터벅 시골길을 걸어가다 갑자기 확 트인 풍경을 보고, 우와, 여기 오랜만이다, 라고 생각했다.

당시의 내게 〈마루코는 아홉 살〉에 나오는 내레이션 분위기로 한마디 쏘아준다면 '오랜만일 리가 없잖아'. 지명조차 처음 들은 장소였다.

수학여행 자유시간 때 우연히 들어선 골목에서 아, 그리웠던 이곳, 이라며 감개에 젖는다. 그립다니, 신칸센 탄 것도 처음이구만.

대체 뭘까? 데자뷔의 원인에 대해서는 여러 가지 설이 있다고 한다.

① 뇌 회로의 혼선. 즉 뇌 안에 들어온 신호가 '인식'에 이르기 전에 기억 회로를 통과해버린다.

② 인간의 뇌는 비슷한 기억에서 몇 가지가 합치하면 세세한 부분은 날려버리고 '본 적이 있다'고 믿어버린다. 그러고보면 애매한 목격증언만을 근거로 쌓아 발생한 오인체포군요. 경감님.

③ 이미 본 꿈의 기억이다. 프로이트설. 프로이트 씨도 참, 정말, 못 말리는 꿈 덕후라니까.

④ 사실은 철들기 전에 자신이 거기에서 살다가 입양되어 왔다.

참고로 ④는 내가 멋대로 덧붙인 설이다. 정설은 아직 없는 걸까.

시간이 지나 뇌가 딱딱해지는 걸까. 최근 데자뷔다운 데자뷔 경험을 하지 않게 되었다. 대신에 역逆 데자뷔가 늘었다.

분명 간 적이 있는데 처음 온 장소처럼 느껴지는 것이다.

얼마 전 도내에서 법회가 있었다. 집합장소는 들어본 기억이 있는 절.

가는 방법을 몰라서 택시에 타서 팩스로 받은 지도를 운전기사에게 그대로 보여줬다. 결국 운전기사도 길을 몰라 도중에 택시에서 내렸다. 절로 가는 표지판을 발견하고 그 표지판을 따라 걸어서 도착한 후에야 겨우 생각이 떠올랐다. 몇 년 전에도 이 절에 왔던 사실을.

나는 간토 지역 사람이기 때문에 아타미나 하코네, 이즈에는 몇 번이나 간 적이 있다. 하지만 분명히 찾은 적이 있는 마을인데 최근에는 역에서 내려 고개를 갸웃거리는 일이 많아졌다. 응? 여기 어디지? 게다가 언제 누구와 무엇을 하러 방문했는지도 전혀 기억하지 못한다.

무엇이 원인일까?

달라진 점이라면 기억이 아닌 마을 그 자체일지도 모른다.

마을은 살아 있다. 시간이 지나면 다른 장소가 되어버린다. 좋건 나쁘건. 마을의 건물 하나가 사라지고 새로운 건물이 생기면 전에 무엇이 있었는지 떠올리지 못하게 된다. 그런 일 있으시죠?

아니, 뭐, 기억력이 쇠퇴한 것에 대한 변명을 하고 있을 뿐입니다만.

도쿄와 고향의 온도차

1월에 도쿄에서 본가인 사이타마 시 오미야에 귀성해 새삼스럽게 생각한 것이 있다.

오미야는 도쿄보다 춥다.

오미야 주민의 대부분은 자신들이 사는 곳을 '도쿄와 같은 곳'이라고 생각한다. 도쿄 도민이 어떻게 생각하든 상관없이. 어쨌든 도호쿠혼센을 타고 십여 분이면 도쿄 도내(기타 구)에 도착한다. 도쿄역까지는 30킬로미터. TV도쿄 방송사의 전파도 잡힌다. 본가에서 가장 가까운 역 이름은 도都도 아니면서 '사이타마 신도심'이다.

하지만 역시 다르구나, 하고 고향의 역 승강장에 내려설 때 차가운 바람의 온도로 깨닫는다.

그러고보니 지구온난화나 열섬현상 때문인지도 모르지만 사이타마에서 도쿄로 나왔을 때 한겨울에도 지면에 서리가 내리지 않는 것과 양동이에 담긴 물이 얼지 않는 것이 신기했다. 30킬로미터 떨어져 있을 뿐인데.

일본은 좁은 듯 넓다.

옛날 내가 프리랜서가 되기 전에 근무했던 광고제작 회사는 직원이 겨우 십여 명밖에 없었는데도 북으로는 홋카이도부터 남으로는 오키나와까지 다양한 지방에서 도쿄로 온 사람들이 모여 있었다.

평소에는 나를 포함해서 다들 시부야에서 쇼핑하거나 롯본기로 술 마시러 가거나 완전히 도쿄 사람 같은 얼굴을 하고 '사투리? 무슨 말씀이세요?' 같은 분위기로 하루하루를 보내지만, 가끔 생각도 못한 부분에서 출신지가 고개를 내민다.

오랫동안 파트너로 함께 일한 그래픽디자이너는 오키나와의 이시가키 섬 출신이었는데, 계절을 타는 광고 아이디어를 짜낼 때 종종 의견이 엇갈렸다. 예를 들면 "5월이라고 하면 나팔꽃이죠" 그는 말한다. "아니, 나팔꽃은 7월이지. 있잖아, 여름방학 자유연구 숙제로 하잖아." 나는 반론한다. 이시가키 섬에서는 나팔꽃은 봄이 오면 야산에 피는 꽃이라고 한다.

홋카이도 아사히카와 출신인 카피라이터는 겨울이 올 때

마다 고향이 같은 다른 회사 영업직원과 인사로 아사히카와
의 날씨에 대해 이야기 나누고는 했다.

"어제는 18도였대."

"오늘은 20도를 넘는다던데."

이때 20도라는 것은 최저기온으로 영하의 수치다. 최고기
온조차 영하인 일이 당연하다보니 일일이 '영하'라고 붙이
지 않는 것이다.

규슈 지역 출신은 "도쿄는 해가 일찍 져"라며 한탄했다.
야마카사[후쿠오카 하카타 구에서 매년 7월 1일부터 7월 15일까지 열리는 700
년이 넘은 전통 축제]를 할 때면 하카타는 8시가 가까울 때도 밝
은데, 하고.

아오모리 출신 남성은 스키를 잘 탄다고 하는데 스키를
타러 가자고 권하면 거절했다. "스키는 놀이가 아니야. 교
통수단이지."

어쩌다 눈이 내리는 날, 도쿄에서(그것도 시부야 109 쇼핑몰
근처) 태어난 경리부 직원과 '도쿄와 같은 곳' 출신인 내가
신나서 떠들고 있으면 히다타카야마에서 온 선배 직원이 아
련한 눈빛으로 말했다. "눈 오는 게 뭐가 즐거워?"

죄송합니다. '오미야는 춥다'라니, 완전히 안일한 말이
었습니다. 한번 말해보고 싶었을 뿐이에요. 고향에서 30

년 이상 떨어져 나와 살고 있는 사람에게는 조금 기쁜 것이다. '도쿄와 같은 곳'이 아니라 사이타마에서 태어났다는 사실이.

🥔 자전거의 속도

얼마 전에 자전거로 세토 내해를 건너왔다.

이 말을 들으면 놀라는 사람이 꽤 있지 않을까.

혼슈 시코쿠 연락교의 오노미치에서 이마바리까지의 루트. 통칭 '시마나미 해도'는 자전거로도 횡단할 수 있다. 히로시마에서 에히메까지 세토 내해에 징검다리처럼 떠 있는 섬들을 여덟 개의 다리로 연결한 도로로, 자전거도로는 전체 약 70킬로미터. 재미있었다. 완주는 못했지만.

여행지에서 조금 멀리 나가야 할 때 나는 렌터카가 아닌 자전거 대여를 자주 이용한다.

작년에는 가와구치 호수를 한 바퀴 돌며 수변에 따라 표정이 바뀌는 후지산을 보고 왔다.

자동차는 몇 년이나 타지 않아서 운전이 서툰 탓도 있지만, 자전거로 달리는 것이 좋기 때문이다. 집에서 작업실까지도 매일 자전거로 다니고 있다.

이전에 자시키와라시[집에 사는 정령으로 이와테 현을 중심으로 전해 내려오는 전설에 등장한다]를 소재로 장편소설을 쓰기 위해 몇 번인가 이와테 현의 도노에 취재를 나간 적이 있다. 이때도 자전거를 빌려 주변 일대를 빙글빙글 돌아다녔다.

도노의 경우 역 앞에 있는 관광교류센터에 가면 짐을 맡길 수 있고 자전거도 빌릴 수 있으며, 갓파 포획허가증(!)도 살 수 있다.

이야기의 무대가 되는 주인공 가족이 이사하는 오래된 민가를 찾기도 하고, 어린이들이 다니는 학교와 가족이 물건을 사는 가게를 점찍어두기도 했다(소설에 나오는 것은 어디까지나 가공의 마을로, 실제의 도노와는 다릅니다. 노파심에 써둡니다).

계절에 따라서 풍경이 어떻게 변하는지, 논은 어떻게 되어 있고, 밭에서는 어떤 작물을 농사짓고 있는지. 과수원 안을 들여다보기도 하고, 우연히 인사를 나눈 농가의 사람에게 부탁해서 외양간을 구경하기도 했다.

가고 싶었던 장소에 가기 위해서는 기차나 자동차나 비행기가 필요하지만 자신의 다리로 걷지 않으면 모르는 것도 있다. 어느 쪽도 여행에는 빠트릴 수 없기 때문에 내게는 자전거가 또 하나의 선택지다.

저 풍경 너머에는 무엇이 있을지 보고 싶다고 생각했을 때, 시간과 체력 때문에 망설이지 않아도 된다. 걸어서 가는 것보다 서너 배는 멀리 갈 수 있다.

속도를 내서 '통과'하기만 해서는 놓치는 것들을 발견한다. 멈추고 싶을 때 멈춰 서고 샛길로도 가볍게 들어갈 수 있다.

도노에서는 목초 냄새로 외양간이 있다는 것을 알았다.

이번에 시마나미 해도에 갔을 때는 지나가던 지역 주민이 평판 좋은 가게를 가르쳐줬다.

여름에 고원을 달리면 나무 그늘의 시원함이 느껴지고 겨울에 시골길을 달리면 바람이 얼마나 차가운지 내 의사와는 상관없이 알 수 있다.

이렇게 쓰고보니 헬멧이나 사이클 복장을 본격적으로 갖춘 마니아 같지만, 빌리는 것은 늘 타서 익숙한 시티사이클이다. 다만 변속기어가 제대로 된 것을 고르지 않으면 나중에 고생한다.

자전거 페달을 밟으며 생각한다. 여행뿐만 아니라 세상은 '자, 서둘러'와 '천천히 가자'가 이러니저러니 격전을 벌이고 있지만 그 중간도 있다는 것을.

🥔 선물 문제

자, 문제는 선물입니다.

무엇을 사서 돌아갈까요?

"선물 같은 건 신경 쓰지 마"라는 말을 들은 날에는 신경이 쓰입니다. 성의라든가 애정이라든가 센스라든가, 이러쿵저러쿵 캐묻는 것 같은 기분이 들어서.

응? 벌써 샀어? 돌아가는 길? 짐칸에 올려뒀다고?

아, 뭐야.

다행이군.

응…… 문제없음…….

저기.

그래서 무엇을 사셨나요?

노파심에 여쭤봅니다만, 괜찮은가요? 짐칸에 올려둔 그

걸로. 정말로. 혹시나 해서 괜한 걱정이 많은 노파의 마음으로 여쭤봐도 될까요. 정말로 괜찮아?

집요하다고요?

아, 죄송합니다. 이제 그만할게요.

집요한 것 같지만 선물은 고민스럽다. 예전에 회사원이던 시절 나는 출장이 잦은 직종은 아니었던 터라 가끔 일 때문에 멀리 다녀올 때면 가족이나 동료의 기대에 부응하기 위해 노력했다. "아, 시간이 없어서, 이런 것밖에 못 샀어"라고 말하지만 사실은 꽤 시간을 들여 골랐다.

역시 지역 특산물이 무난할까. 그래도 '또?'라는 느낌이 강하다. 너무 유명한 품목은 처음 받아본 게 분명할 사람도 '또?'라는 표정을 짓는다. 이번에는 의외의 품목으로 사람들의 관심을 모아볼까? 아니, 그래서 인기를 얻으면 좋겠지만 실패해서 (그런 것에 한해서 무척 화려한) 포장을 한 선물이 방치되어 있는 상황은 지독히도 서글프다.

지금은 프리랜서이기 때문에 회사에 돌릴 품목까지는 신경 쓰지 않아도 되지만, 일로든 개인적으로든 여행을 다녀올 때는 역시 누군가에게 줄 무언가를 산다.

아, 귀찮아, 라고 생각하면서도 사실은 꽤 즐겁다. 각 지역의 특산물판매점을 배회하는 것이. 이 기회를 놓치면 눈앞에 있는 물건과는 다시는 만나지 못할지도 몰라, 하는 긴장감이 묘미다(가까운 백화점에서 팔고 있는 것을 나중에 발견하는 일도 종종 있지만).

유명 캐릭터의 지역 버전 키홀더는 반드시 체크한다. 특산품을 머리 위에 올렸거나 인형옷처럼 입고 있는 디자인. 이렇게까지 하나 싶은 게 지방투어 중인 아이돌같이 기특해 보여서 언제나 감동한다.

나 자신을 위한 선물은 대부분 술이다. 여행을 핑계로 평소에는 사지 않을, 경제효율(총 알코올용량÷가격)이 좋지 않은 제품에 나도 모르게 손이 간다.

여행지에서 '오, 이거 맛있는데' 싶은 음식을 만나 선물용을 사는데, 집에 돌아와서는 종종 고개를 갸웃하게 된다. 물건에는 죄가 없다. 처음 본 맛에 감격한 것이고, 갓 만들어진 것을 그 자리에서 먹었으니 맛있었을 뿐.

아, 역시 그 맛은 다시 거기에 가야만 맛볼 수 있구나, 하고 절실히 느끼는 것도 여행의 정취 중 하나겠지.

꽃의 생명은 짧고

흔치 않은 일인데, 여행이 이어지고 있다. 최근 3주 동안에 이바라기, 미야기, 시즈오카, 교토·나라에 다녀왔다.

3주 사이에 손에 드는 짐이 점점 작아졌다. 날씨가 따뜻해지면서 갈아입을 옷이 얇아졌기 때문이다.

계절은 빠르게 돌아간다. 미야기에는 아직 눈이 남아 있었는데, 시즈오카에서는 겉옷이 거추장스러웠다.

이바라기에서는 매화를 보러 갔고, 교토에서는 벚꽃을 봤다. 그래서 이번에는 그때의 이야기라도 해볼까 싶었는데, 생각해보니 이 원고가 실리는 때는 5월이다. 이미 다 떨어져 버렸겠죠. 벚꽃은.

꽃의 생명은 짧다.

벚꽃의 계절에 기차로 여행을 하면 잘 알 수 있다. 북쪽으로 향할 때는 차창 밖 벚꽃이 핀 상태가 몇 개 역을 지날 때마다, 긴 터널을 통과할 때마다, 드문드문 약소해진다.

북쪽에서 남쪽으로 돌아올 때는 반대다. 가지 끝에 팝콘이 팡팡 터진 것처럼 10퍼센트, 30퍼센트 피어 있는 것을 보고 '아, 저 나무는 벚나무구나' 하고 알 정도였던 차창 너머의 개화가 갈수록 50퍼센트가 되고 70퍼센트가 되고 도착할 즈음에는 솜사탕처럼 만개한 벚꽃이 마중 나와 있기도 한다.

지대가 낮은 곳에서 산간지역으로 갈 때와 돌아올 때도 마찬가지다. 이 시기에 일본열도를 높은 상공에서 내려다보면 점묘로 표현한 벚꽃색 그러데이션이 보이지 않을까.

같은 장소에서도 꽃이 피는 모습은 날마다 변한다. 이번 여행에서는 교토와 나라를 이틀 연속으로 왕복했는데, 첫째 날과 둘째 날에 철길 가에 핀 벚꽃의 모습이 확실히 달랐다.

만개한 벚꽃은 일 년 중 겨우 며칠. 그래서 벚꽃이 더 아름답게 느껴진다는 말도, 일본인이 벚꽃을 좋아한다는 말도 분명 맞는 말이다. 그렇다고 하지만 조금만 더 어떻게 안 되는 걸까?

오래전부터 예정했던 꽃놀이 날에 벚꽃이 제대로 피어 있던 적이 몇 번이나 되는가. 아직 좀 더 기다려야 할(혹은 꽤 많이 떨어져버린) 꽃놀이 장소에 가서 가장 그럴듯한 벚나무를 찾아 만개한 듯 보이도록 앵글을 잡으려 고생하며 사진을 찍는 일이 몇 번이나 있었던가.

순조롭게 만개한 벚꽃 아래에 돗자리를 편다 해도 여하튼 날씨가 불안정한 시기. 비가 조금씩 내리기 시작하거나 아직 날이 추울 때도 있다.

꽃의 생명은 짧고
괴로운 일만 많았구나

꽃도 힘들겠지만 꽃을 보러 가는 사람들도 고생이다. 뭐, 꽃놀이를 가도 술을 마시고, 음식을 펼치면 꽃은 제대로 보지도 않지만.

시기에 맞지 않다고 말하고는 장장 벚꽃 이야기를 했지만, 만약 이 글을 읽고 있는 때가 5월 초라면 도호쿠 북쪽은 아직 꽃놀이 시즌이다. 창밖 풍경은 어떤가요? 기차를 타고 하는 꽃놀이도 독특한 재미가 있어요.

중순이라고 해도 산간부나 홋카이도에는 아직 기회가 남아 있을지도. 겹벚꽃도 힘을 내고 있을지 모른다. 이 글을 쓰고 있는 때는 4월이기 때문에 보증은 못하지만.

하순이라면…… 아, 그, 거기. 있잖아요. 수국 시즌.

🥔 알아둬야 할까, 알아두지 말아야 할까

여행을 떠나기 전에 여행지에 대해 얼마나 알아둬야 할까. 처음 혹은 오랜만에 가는 관광지의 경우 나는 꽤 고민한다.

그게 그렇잖아, 알아버리면 재미없으니까.

그러지 않아도 지금은 다양한 미디어에 정보가 흘러넘치는 시대다. 마음만 먹으면 구글 맵으로 골목길 모습까지 들여다볼 수 있다. 일본 각지며 세계 방방곡곡의 절경은 텔레비전이나 잡지, 기타 등등에서 마음대로 눈에 들어와 가본 적은 없는데도 망막에 새겨져버린다.

후라노? 아, 물론 잘 알고 있지요. 큰길 주변의 라멘가게가 맛있기로 유명해요. 가본 적은 없지만.

마추픽추? 거긴 이제 별로예요. 손때가 너무 묻었어. 추천할 만하지 않아요. 가본 적은 없지만.

이래서는 안 된다고 생각한다.

이미 알고 있는 것을 그대로 따라만 가는 것이라면 여행을 하는 의미가 없다. 여행이란 발견이고 미지와의 만남이어야 한다.

이렇게 말하며 치켜든 주먹을 내리친 그 손으로 내가 남몰래 가이드북을 넘겨보고 있는 것 또한 사실이다.

그도 그럴 것이 순수하게 관광으로 여행을 하는 기회는 좀처럼 없는걸. 모르는 거리를 마음 내키는 대로 혼자 여행하는 '후텐의 토라 씨'[영화와 드라마로 제작된 〈남자는 괴로워〉의 주인공 구루마 도라지로의 별명] 타입의 인간도 아니고. 모처럼의 여행이다. "내가 갈 곳은 까마귀에게도 묻지 마" 하며 입술에 이파리 하나를 물고 있을 때가 아니다. 최소한의 지식은 알아두고 싶다.

이 최소한이 어렵다.

앞에서 이야기했듯이 정보는 여름의 날벌레처럼 붕붕 날아 들어온다. 명물 먹거리는 뭐가 있을까 싶어 인터넷을 연순간 갑자기 ☆표시가 붙은 순위가, 가장 추천하는 메뉴와 함께 줄줄이 나온다.

가이드북에서 가는 길만 알아둘까 싶어도, 필요한 내용을 펼치기 전에 목적별 추천코스나 명소와 경치가 좋은 곳의 베스트 샷 사진을 들여다보는 처지가 된다.

좀 참아줘, 라고 생각하면서도 눈길은 그 순위나 추천코스를 따라 가버리는 것이 인간의 애처로운 기질이다.

그건 그렇고 미디어의 정보는 얼마만큼 믿을 수 있을까. 마을을 돌아다니는 프로그램이나 여행 프로그램, 지방지 같은 곳에서 내가 사는 동네나 태어난 고향이 클로즈업되는 일이 아주 가끔 있는데, 언제나 위화감을 느낀다. '응? 왜 하필 그 가게를 소개하는 거지?', '거기에 간다고? 더 좋은 곳이 따로 있는데.' 뭐 개인의 감상이지만.

여행지 정보원으로 내가 가장 신뢰하는 것은 현지의 택시 기사다. 맛있는 가게, 계절별로 가보면 좋은 곳 등을 누구보다도 잘 알고 있다.

명물 요리라고 추천된 가게가 전국에 점포가 있는 체인점이거나, 애초에 그 명물 요리 자체를 두고 "여기 사는 사람들은 그런 건 안 먹어요" 같은 대답이 돌아오는 일도 있으니까.

🥔 외출을 싫어하는 아버지와 1박 2일

개인적인 일입니다만, 아버지가 돌아가셨습니다.

여든아홉이셨습니다. 특별한 병에 걸리신 것도 아니고 노령이긴 하지만 건강하고 정신도 또렷하셨는데 자택에서 야간 경기 중계를 다 보신 후에 욕조에 들어가자마자 덜컥 세상을 떠나셨습니다.

주위에서는 '편안한 죽음'이라고 말하지만 아버지는 생을 끝낼 마음은 전혀 없으셨을 것이다. 요미우리 자이언츠가 이긴 밤이니까 다음 날 경기를 기대하고 계셨던 것 아닐까 하는 생각이 든다.

이 글은 어쨌든 '여행'을 주제로 하는 연재이므로 이번에는 아버지와 여행한 옛날 추억이라도 써내려가고 싶지만 안타깝게도 그런 기억은 전혀, 아주 깔끔하게 없다.

아버지는 회사원으로, 내가 어릴 때는 '매일 밤늦게 집에 들어오는 사람'이었다. 휴일엔 '집에서 잠만 자는 사람'.

가족 모두가 함께 당일치기로 놀러 나갔던 적은 있지만 여행다운 여행은 어머니, 혹은 할머니와 함께 갔던 기억뿐이다. 초등학생 시절부터 친척집에는 어른을 동반하지 않고 형제끼리만 가기도 했다. 어릴 적 아버지와 하룻밤 자고 오는 여행을 한 적은 한 번도 없었다.

고도성장기라고 불리는 시대의 아버지들 중에는 그런 사람이 의외로 많았을지도 모르지만 그래도 어떻게 한 번도 없을 수가. 어머니에게 물어보면 "아무튼 멀리 나가는 걸 싫어하는 사람이니까"란다.

우리 형제를 어딘가 적극적으로 데리고 가준 것은 아버지가 죽을 때까지 사랑한 요미우리 자이언츠의 경기 정도였다. 분명 아버지는 부자 2대, 네 명이 함께 자이언츠를 응원하는 날을 꿈꾸셨을 것 같지만 자식이란 부모의 강요에 반발하기 마련이라 성장함에 따라 형은 야구에 흥미를 잃어버리고 나는 어째서인지 한신 팬이 되고 하필이면 동생도 한신 팬 동료로 끌려 들어왔다. 정말로 죄송스럽다.

그래서 돌아가신 아버지를 집에 모시고 장례식을 기다리는 사이에 공양으로 틀어뒀던, 본가가 가입해 있던 자이언츠 전용 채널 중계로 나는 몇십 년 만에 자이언츠를 응원했다. 한신과 대결하는 경기도 아니었기 때문에.

그런 아버지와 처음 1박 2일 여행을 한 것이 6년쯤 전이다.

여행지는 나가노 현의 도미 시. 우리 가족과 아버지와 어머니를 모시고 갔다.

어떤 경위로 가게 되었는지는 자세히 기억이 나지 않지만, 무거운 엉덩이를 들었던 것은 나가노의 이 부근이 할아버지의 출신지라 친척도 많은 장소였기 때문이라고 생각한다.

여행에서 있었던 일도 어째서인지 자세히 생각나지 않는다. 기억하는 것은 함께(이것도 처음이었을 것이다) 온천에 들어간 아버지의 몸이 옛날과는 전혀 다르게 야위고 주름졌다는 데 충격을 받았던 것과 밤에 베개를 나란히 놓고 쓸데없는 이야기를 나눌 때 평소 말이 없던 아버지가 유독 많이 떠드셨고 아버지의 개그에 손자(우리 집 아이)들이 무척 좋아했던 것. 사실은 재미있는 사람이라는 것을 말도 안 되게 뒤늦게야 알았다.

다음에는 어디어디에. 2박 정도는 하자. 이런 말을 하는 사이에 허리가 안 좋아지기도 해서 아버지는 더욱더 외출을 싫어하게 되었고, 결국 계획을 실현하지 못했다.

이제 곧 죽을 거라고 가르쳐주었다면 억지로 휠체어에 태워서라도 다시 나가노에 함께 갔을 텐데. 도쿄 돔구장에도.

🥔 축하 현수막이 펄럭펄럭

여행을 가면 곳곳에서 드문드문 이런 문구가 눈에 띈다.

'축 우승 ○○부'

'축 전국대회 출전 □□선수'

간판이나 네온사인이 없는 곳에서는 조금 놀랄 정도로 큰 글자. 지방 학교(고등학교가 많다) 건물에 크게 걸린 현수막이다.

어쩐지 묘하게 신경 쓰인다.

'전국대회 우승' 같은 문구를 봤을 때, 그곳이 결코 도회지라고는 말하기 힘든 전원 풍경 가운데 있는 작은 학교라면, 나도 모르게 '호오' 하고 명승고적을 보는 눈으로 바라보게 된다.

○○부가 마이너한 경기 종목이거나 방송부, 컴퓨터부 같은 문화부라면 대체 어디서 어떤 대회가 열렸는지, 어떻게

채점해 경쟁을 하는지 괜스레 궁금해진다.

'축 전국대회 8위', 예를 들어 이런 현수막의 경우 기분 탓인지 글자가 약간 작게 보이고 자랑스러움이 아닌 부끄러움이나 분함도 젖어 있는 것처럼 느껴져 이런 현수막을 내건 사람들의 마음을 깊이 생각해보곤 한다.

이 원고를 쓰는 시점에서는 아직 출전할 학교도 정해지지 않았지만, 8월에는 '축 전국 고교야구 선수권대회 출전'이나 '축 전국 고교야구 선수권 준준결승 진출' 같은 현수막이 전국 여기저기에 있는 고등학교 앞에 나부끼겠지.

그나저나 여름 고시엔 대회, 여러분은 어디를 응원합니까?

야구에는 관심이 없다고요? 그래도 조금은 신경 쓰이지 않나요, 각 도도부현의 대표가 어느 학교인지.

내가 응원하는 곳은 항상 사이타마 대표 학교다.

20대 무렵부터 쭉 도쿄에 거주해 태어난 고향 사이타마현에서 지낸 날보다 도쿄에서 지낸 세월이 상당히 더 길어지긴 했지만 그래도 고교야구에서 응원하게 되는 곳은 사이타마의 고교다. 사이타마의 어디에 있는 곳인지 처음 듣는 이름이라고 해도.

이것만큼은 어쩔 수 없다. 고향에 대한 애정이 강한 인간도 아니면서 여름 고시엔이 시작되면 가슴속에서 현수막이 나부낀다. '축 사이타마 대표 우승'.

안타깝게도 사이타마는 그다지 강하지 않다. 1차전에서 패하고 물러나는 일도 자주 있다. 뭐랄까 그 확률이 가장 높다.

그러면 사이타마 대표가 사라지면 도쿄를 응원하는가 하면 그렇지도 않다. 최근 몇 년 동안 나는 어째서인지 이와테를, 특히 콕 찍어 하나마키히가시 고교를 응원하고 있다.

이와테 현은 소설의 취재차 몇 번이나 방문했고, 그 소설이 영화가 된 인연으로 소설을 다 쓴 후에도 몇 번인가 다시 방문한 개인적으로 친숙한 지방이다. 신칸센이 정차하는 역이 있는 하나마키에는 반드시 내려서 하나마키히가시 고교 근처도 자주 지난다. 학교 건물을 보면, 아, 그리웠어, 라는 생각마저 든다.

그런 연유로 마음대로 '축 우승 사이타마 대표 또는 하나마키히가시'.

사이타마 대표와 다르게 하나마키히가시는 강한 팀이다. 고교야구의 슈퍼스타였던 기쿠치 유세이 투수나 오타니 쇼헤이 선수의 출신고이기도 하다.

이미 결과가 나온 시기에 이 글을 읽고 있을 분에게는 "어처구니없네"라는 소리를 들을 것 같지만.

🐥 농업이 있는 풍경

열차에서 창밖을 내다보는 것을 좋아한다.

이동 중에 일을 해야만 할 때나 3열 좌석 중 통로측 좌석만 남았을 때는 무척 손해 본 기분이다.

대체 무엇을 바라보는가, 그다지 변하지도 않는 풍경을 보는 것이 뭐가 재미있는가. 신칸센을 자주 타서 익숙해진 분은 그렇게 생각하겠지만, 창밖 구경은 재미있다. 같은 풍경이란 세상에 존재하지 않는다. 풍경은 갈 때마다 변한다. 예를 들어 논에 벼가 익어가는 모습이나 밭의 작물 같은 것.

여행지에서 특별할 것 없는 시골길을 걷는 것도 좋아한다. 볼만한 부분이 무엇이 있는지 묻는다면 내가 생각하기엔 채소밭이다. 비닐하우스도 종종 들여다본다.

실은 취미로 채소 농사를 짓고 있다. 도쿄 변두리의 아주 아주 작은, 겨울철에는 금세 볕이 들지 않게 되는 정원에,

겨우 몇 포기의 채소를 키우기 위해, 흙을 갈아엎어 씨를 뿌리거나 모종을 심거나 비료를 주거나, 그 외에 필요한 일, 특별히 하지 않아도 채소가 자라는 데 크게 상관없을 쓸데없는 일을 나는 매해 부지런히 반복하고 있다.

그래서 다른 사람이, 특히 프로인 사람들이 어떻게 작물을 키우고 있는지, 우리 집 농장(좁은 정원의 반쪽)에 심은 작물과 같은 작물이 심어져 있을 때(비교하는 것도 실례입니다만)는 생육상태가 어떤지 궁금해서 참을 수가 없다.

참고로 올해 우리 집의 수확은 매년 키우고 있는 누에콩과 오이는 그럭저럭이었지만 몇 번을 해봐도 잘 자라지 않는 수박은 소프트볼 크기 한 개만 열리고 물러났다. 작년에 처음 도전해서 실패한 호박은 2년째가 되어 겨우 (문자 그대로) 결실을 맺었지만 수확 시기가 가까워져도 주먹 크기에서 더 자라지 않는다.

토마토만이 예년과는 다르게 풍년이었다. 수분 조절이 결정적인 토마토는 노지재배에는 한계가 있다. 그래서 올해는 겨우 여섯 포기를 위해 비닐로 된 지붕을 세워…… 아 이런. 이런 이야기를 시작하면 나도 모르게 길어진다. 하던 이야기를 계속해보자.

끽해야 취미로 채소를 키우고 있을 뿐이면서 잘난 척 말하는 것도 뭐하긴 하지만, 먹을거리를 처음부터 키우는 일은 상당히 힘들다.

심자마자 벌레가 꼬인다. 금세 병이 든다. 비가 계속 이어져도, 맑은 날이 계속 이어져도 안 된다. 겨우 줄기가 자랐다 싶어도 열매는 크게 자라지 않는다. 모양이 예쁘게 자라지 않는다.

슈퍼마켓에서 파는 똑바른 오이, 벌레 먹은 곳 하나 없는 옥수수, 크기가 일정한 감자, 그런 것들이 당연하다고 생각하면 큰 잘못이다. 오이는 휘는 것이 자신의 일인 양 금세 휜다. 콩 종류나 잎을 먹는 채소는 벌레가 붙는 것이 자연의 섭리. 요즘 흔히 클린이라고 하는 친환경 유기농 농산물을 원한다면 구부러진 모양과 벌레 먹은 흠 정도는 감내해야 한다.

본업이 농사인 농장을 볼 때마다 프로 농업인은 대단하다고 절실히 생각한다. 한 개 30엔 하는 오이가 너무 싸서 불합리하다는 생각이 든다(그 가격에 삽니다만). 열차의 창 너머에 한 면의 논밭이 펼쳐져 있는 풍경을 바라보고 있으면 아아, 이 나라도 아직은 괜찮아, 이런 생각이 드는 것이다.

그나저나 토마토의 그다음 이야기 말인데요…….

(그 이야기는 다음 호에, 아니, 농담입니다.)

🐤 추억은 마음의 필름에, 후훗

여행지에서는 사진을 별로 찍지 않는다. 풍경은 육안으로 직접 바라보는 것을 더 좋아한다.

카메라만 들여다보다가는 정말로 아름다운 경치나 가장 소중한 순간을 놓쳐버릴 것 같은 기분이 든다.

많은 사진을 찍어도 갔다 왔다는 증거를 남기는 것일 뿐, 그 장소에 있었다는 의미가 흐려지는 건 아닐까.

나는 옛날부터 이런 생각을 했던지라 실제로 직접 찍은 사진이 적다. 여행지뿐만 아니라 아이의 운동회나 발표회에서도 건네받은 비디오나 카메라의 촬영을 소홀히 해서 아내의 빈축을 사기도 했다. '찍어둬도 별로 보지도 않잖아. 그러면 찍지 말고 지금 봐두자'라는 핑계를 붙여서, '남겨두고 싶은 풍경은 마음의 필름에 확실히 새겨두면 충분하다' 따위의 같잖은 대사를 머릿속으로 토해내며.

그런데 해가 갈수록 폼을 잡고 있을 때가 아니게 되었다.

나이를 먹으면서 기억력이 저하된 걸까. 자꾸만 잊어버리는 것이다. '마음의 필름에 새겨뒀을 것이 분명한 광경'을.

옛날 여행사진을 꺼냈을 때, 최근에는 그것이 언제였는지 어디였는지 전혀 기억나지 않는 일이 종종 있다. '마음의 깊은 곳에 기억의 조각이 잠들어 있어서 눈에는 보이지 않지만 쌓여가고 있어' 하며 허세를 부려보지만 아마도 바닥까지 뒤집어봐도 소쿠리처럼 엉성해진 뇌 안에는 아~무것도 남아 있지 않을 것이다.

증거는 중요하다.

기념사진은 싫어하지 않는다. "자, 치즈"에도 제대로 "버터"라고 응하고, 관광명소에 놓여 있는 얼굴부분에 구멍이 뚫린 기념사진용 그림판에도 적극적으로 고개를 들이민다 (그런데 얼굴부분 구멍은 왜 그렇게 작은 걸까. 내 얼굴 크기에 문제라도 있는 걸까). 이렇게 말하지만 이것도 촬영은 남에게 맡겨두는 일이 많았다. 사진을 찍는 습관이 없기 때문에 사진 촬영이 서툴다.

그래서 취재 같은 일로 나가서 스스로 사진을 찍어야만 할 때는 언제나 불안불안하다.

셔터 누를 기회를 놓치거나 흔들리는 일은 늘 있다. 데이터를 다시 확인해보면 무엇을 찍었는지 판별하기 힘든 사진이 몇 장이고 섞여 있기도 한다.

디지털카메라가 등장해 사진 촬영이 손쉬워졌다고 사람들은 말하지만 나는 번거로워졌다고밖에 생각되지 않는다. 버튼이나 스위치가 너무 많다. 여기저기 번쩍거리는 아이콘은 초심자를 괴롭힐 뿐이다. 대부분의 기능을 포기하고 사용하지 않은 채로 전원과 셔터와 줌 버튼의 위치와 조작방법만 익혀서 다른 것은 만지지 않도록 하고 있다. 그런데도 셔터와 전원 버튼을 누르는 것이 헷갈린다. 아아, 물새가 멀리 날아갔어.

핸드폰으로 사진을 찍는 방법도 여전히 제대로 익히지 못했다. 가끔 렌즈를 가린 내 손가락을 찍는다. 그리고 잘못 찍어도 그것을 지우는 방법을 모른다.

핸드폰 사진 폴더에서 내 손가락을 몇 번이나 봤는지.

온천여행 간 까마귀

온천의 계절이다.

뭐, 온천은 언제 가도 좋고, 계절 각각의 재미가 있지만, 역시 '제철'은 단풍이 짙은 늦가을부터 너무 춥지 않으면서도 눈을 볼 수 있는 초겨울 무렵이 아닐까.

온천, 좋지.

온천여행 가자, 라고 말해보는 것만으로 어쩐지 마음이 편안해진다. 따끈따끈 따듯해진다. 언제 갈지 정해두지 않아도 가게 될 날까지 매일 힘내자고 생각할 수 있다.

호화로운 숙소가 아니라도 괜찮다. 아침부터 이동수단을 타고 하루 종일 모르는 지방을 돌아보고 녹초가 되어 도착한 곳에 전통 다다미방이 있으면 충분하다. "우오!" 하고 외치며 큰 대자로 벌렁 누울 수 있으면 그것만으로 천국.

방의 창 너머로 절경이 펼쳐져 있으면 베스트지만 그렇지 않을 때는 노천 온천에서 바라볼 경치를 기대하며 두근거리는 것도 또 즐겁기 그지없다.

자, 온천이라고 하면 유카타[목욕 후나 여름에 입는 간편한 일본 전통의상]. 사실은 옷깃이나 옷자락이 쉽게 벌어지고 방 열쇠나 지갑을 가지고 다니기도 곤란하고 의류로는 불편한 물건이지만, 유카타로 갈아입지 않으면 시작되지 않는다. 잠옷 차림으로 버젓이 다른 사람 앞을 어슬렁거리는 것은 집 주변에서도 할 수 없는 체험이다.

참 그리고 유카타를 입고 탁구를 치는 것도 즐겁다. 그보다 탁구를 할 기회가 그 외에는 거의 없어서 나는 탁구를 온천지에서 배운 기분이 든다. 승패는 신경 쓰지 않는다. 이기면 실력. 지면 유카타의 소매나 슬리퍼 탓.

숙소에 도착하면 바로 술을 마실지 말지 고민한다. 목욕이 끝날 때까지 잘 참은 자신을 칭찬하면서 마시는 한 잔은 최고다. 맥주는 적당히 마시고 이제 이 지역 토속주를 마시죠.

저녁은 '부족하다는 말은 절대 안 나오게 하겠다'는 료칸의 의지를 느끼게 하는 메뉴 수와 양에 압도되는 일이 많은데 최선을 다해 싹싹 다 먹는 것을 목표로 한다. 이것은 패스할까 생각했던 평범해 보이는 요리가 의외로 일품일 때도 있다.

음…… 여기까지 읽으면서 '뭐지?'라고 생각하신 분도 있을 것 같습니다. '온천'에 대해 쓴다면서 정작 중요한 온천에 대해서는 언급하지 않았잖아, 하고.

후후후. 들켜버렸으니 어쩔 수 없군요(스스로 다 털어놓은 거지만). 자세를 바로잡고 폭탄발언을 하겠습니다.

온천이 어떤지는 별로 상관없다.

딱히 목욕을 싫어하는 것은 아니지만(좋아하지도 않지만), 나는 뜨거운 물에 오래 있지를 못한다. 흔한 속담에서 말하는 까마귀 목욕. 집에서 목욕하는 시간은 총 십 분 정도. 욕조에 들어가 있는 시간은 겨우 일이 분.

함께 간 사람도 있고, 모처럼 왔으니까, 하는 생각에 온천에 가면 좀 더 오래 있기는 하지만 전망이 좋은 노천 온천이 아니라면 삼 분 정도로 한계가 온다. 온천의 수증기 속에서 불쑥 튀어나오는 벌거벗은 울트라맨이 바로 나다.

'온천을 이야기할 자격 없음!' 전국 온천애호가연맹에서 야유가 쏟아질 듯한데, 요약하자면 온천은 들어가기 전후나 주변이 즐거운 것이다, 라는 것으로, 뭐 아무쪼록 잘 이해해주시길 부탁드린다. 슈왓치.[울트라맨이 공격할 때 내는 기합소리]

야간기차와 달을 삼킨 하늘

야간기차를 타야겠다고 생각했다.

소설에 쓰기 위해서다. 내가 생각했던 이미지는 침대열차가 아닌 좌석에 앉아 밤을 새우는, 옛날부터 있던 야간열차다.

그런데 시각표를 알아보기 시작하자마자 좌절했다. 침대특급이 옛날과는 다르게 호화로운 교통수단으로 변해 예약을 하기가 힘들다는 것 정도는 알고 있었지만, 좌석 타입은 과거가 되어 점점 모습을 감추어가고 남아 있는 열차도 계절 한정으로만 운행되는 정도였다. 계획을 세우려고 한 시기에는 도쿄에서 출발하는 열차는 하나도 없었다.

어쩐지 쓸쓸했다.

내게 당당하게 '쓸쓸하다'고 말할 수 있을 정도의 경험이 있는 것도 아니지만. 타본 기억은 두 번뿐.

첫 번째는 학창시절. 친구와 홋카이도에 여행 갔을 때다.

야간열차는 넓은 홋카이도를 아주 싸고 효율적으로 이동할 수 있고 거기에 더해 숙박비를 아낄 수 있어 가난한 여행객의 든든한 아군이었다(그러고보니 이 여행에서는 태어나 처음으로 히치하이크도 했다). 홋카이도의 밤은 압도적으로 어둡고 좌석은 웬만해선 잠들 수 없을 정도로 딱딱했다.

두 번째는 광고업계에서 일하던 무렵. 출장지인 히로시마에서 악천후로 비행기가 결항되어 열차로 도쿄까지 돌아왔다. 이때는 침대열차였다. 벌렁 누워서 창밖으로 변해가는 경치를 보는 기분이 신기했다.

불빛과 별밖에 안 보이는 차창도 멋졌다. 나는 기차의 창문으로 풍경을 보는 것을 좋아하니까 밤이라도 밖을 내다본다.

야간열차는 아니지만 얼마 전에 이런 체험을 했다.

니가타에 갔다가 돌아오는 길이었다. 기차가 달리기 시작한 후 얼마 지나지 않아 해가 지고 창밖에는 달이 떴다. 아, 오늘밤은 보름달이구나, 하며 바라보는 사이에 이변이 일어났다.

달이 이지러지기 시작한 것이다.

처음에는 구름에 가린 것이라고만 생각했다.

하지만 도시락과 맥주에 전념하다 다시 밖으로 눈을 돌렸

더니 보름달이 음력 13일 밤 달 정도로 줄어들어 있었다. 게다가 이지러지는 형태가 달랐다. 월병을 베어 먹은 것 같은 형태였다. 구름이라고 하기에는 움직임이 지나치게 느리다. 이상하네, 생각하는 중에도 달은 서서히 먹혀갔다.

머릿속이 혼란스러웠다. 꿈을 꾸고 있는 것 같았다.

반달에 가까워졌을 때 비로소 이해했다. 개기월식이라는 것을.

일 때문에 떠난 1박 2일의 분주한 여정이라 뉴스도 보지 못하고 신문도 제대로 읽지 못한 탓에 전혀 몰랐던 것이다. 스마트폰도 없었고.

일식이나 월식을 신의 분노라고 생각했던 아주 옛날 사람들의 마음을 조금 알 것 같은 기분이 들었다. 아무런 예비지식도 없이, 변할 리가 없다고 굳게 믿었던 하늘 위 천체의 이변을 눈앞에서 목격하는 것은 공포까지는 아니었지만 그 불온한 느낌에 가슴이 술렁거렸다. 영원히 있을 거라고 생각하지 마, 달과 태양.

도쿄에 내려 돌아보니 도쿄역의 돔 형태 지붕 바로 위에 사라지고 있는 가느다란 초승달 크기의 달이 떠 있었다.

🐰 무기력한 정월 이야기

새해 첫날은 언제나 집에서 보낸다.

2일이나 3일에는 대체로 사이타마의 본가에 가지만(참고로 아내의 본가는 지금 사는 집. 나는 데릴사위인 것이다. 하지만 장인장모님은 이미 세상을 떠나셨다.), 첫째 날만큼은 움직이지 않고 아침부터 온종일 축 늘어져서 지내는 것이 매년 습관이다.

1월호 〈트레인베르〉의 원고니까 여행지에서 맞이한 정월의 일 같은 것을 재미있게 쓸 수 있으면 좋겠다고도 생각하지만 죄송합니다. 그런 건, 정말로, 없습니다.

굳이 말하자면 몇 년인가 전 연말에 하코다테에 여행 갔을 때, 섣달 그믐날 돌아올 예정이었으나 눈으로 비행기가 결항되는 바람에 허둥지둥 찾은 호텔에서 해를 넘긴 일은 있다. 하지만 그것은 예외 중 예외. 하코다테는 멋진 곳이었지만 호텔의 조식에 나온 떡국을 보고 이유도 없이 짜증이 났다.

역시나 정월은 집에서 맞이하고 싶다.

제야의 종소리를 들은 후에 도보로 십 분 정도 걸리는 집 근처 신사에 정월 첫 참배를 간다. 유명하지는 않지만 이 근처에서는 큰 신사로, 자정을 지나 도착하면 참배까지 한 시간 가까이 기다려야 하는 긴 줄이 늘어서 있다.

아아, 그만둘 걸 그랬어, 생각하면서 추위에 발을 동동거리며 줄이 줄어들기를 기다리는 것도 연례행사다. 소원을 비는 것은 좋아하지 않기 때문에 올해도 열심히 살자고 스스로에게 기원한다.

정월 초하루는 늦게 일어나 새해 음식과 떡국을 먹고, 연하장이나 텔레비전을 들여다보며 늘어져서 술을 마신다. 프리랜서라고는 하지만 아침부터 술을 마실 수 있는 기회는 그렇게 많지 않다. 그래서 기분 좋다.

집 안에 있는 것이 지겨워지면 연하장을 가지러 간다는 등의 이유를 붙여 밖으로 나온다. 차가운 공기가 기분 좋다. 취기도 슥 멀리 날려 보내준다.

도쿄도 정월에는 하늘이 깨끗하다. 새로운 해에 맞춰 새로 칠한 것처럼 파랗다. 이런 하늘도 정월의 묘미다. 새로운 하늘을 바라보면서 생각한다. '올해야말로'라고. 올해야말로 무엇을 어떻게 할지는 모르는 채로.

이런 이야기를 늘어지게 쓰고 있으면 언제까지 정월 기분으로 있을 텐가, 이미 한참 지났다고, 나는 출장 중이야, 새해 첫 달은 바빠, 하고 야단치는 목소리가 날아올 것 같다.

지당합니다. 기분은 이해합니다. 사실 이렇게 말하는 저도 이 원고를 쓰고 있는 지금은 아직 12월. 연말 진행으로 한창 정신없기 때문에. 스스로도 쓰면서 화가 날 정도다.

하지만 말이죠, 정신없이 일하는 시간이 있으니까 늘어지는 시간도 즐거운 것이죠.

아 참, 말도 안 되게 바쁘거나 일을 하다 트러블 같은 것이 발생해 긴박한 국면에 놓였을 때 외는 주문이 있습니다. 예전에 광고 일을 하던 무렵 후배 카피라이터의 말버릇입니다. 그녀의 한마디로 몇 번이나 뾰족뾰족했던 사무실 분위기가 좋은 의미로 무기력해졌었는지.

이렇게 말하는 겁니다.

"괜찮아, 죽기야 하겠어."

확실히 그렇다. 아무리 바쁘고 괴로워도 죽지는 않는다.

조급해하지 말고 갑시다. 무엇보다 2015년은 앞으로 11개월이나 있으니까요.

후지산의 확률

최근 한두 달, 새로운 소설 취재를 위해 간토 지역의 조금 서쪽으로 몇 번인가 다녀왔다. 야마나시에 한 번, 시즈오카에 두 번. 그때마다 후지산을 가까이에서 봤다. 그것도 구름 한 점 걸려 있지 않은 완벽한 모습을.

이전에 나는 이 〈트레인베르〉에서 '아메오토코'라는 사실을 커밍아웃했는데, 후지산에 있어서만은 제대로 만날 확률이 높다. 말하자면 나는 아메오토코일지도 모르지만 '후지산오토코'이기도 한 것이다. 자, 어때?

후지산은 신비로운 산이다. 산기슭까지 가도 구름이나 안개에 가려 전혀 보이지 않는 일도 있고, 거리의 빌딩이나 고가에서 먼 경치를 별 생각 없이 보고 있는 사이에 뚜렷하게 떠오른 그 모습을 발견하기도 한다.

인생의 무언가를 암시하는 것 같다. '무언가'가 무엇인지
는 모르지만.

몇 년인가 전에 후지산이 전국의 어느 지역에서까지 보이
는지를 조사하면서, 생각했던 것 이상으로 보이는 범위가
넓은 데 놀랐던 적이 있다. 그때의 자료를 다시 한 번 꺼내
봤다.

북쪽으로는 후쿠시마 현 아부쿠마 고지 히산까지.

서쪽으로는 와카야마 현 이로강 후지미 고개까지.

도호쿠나 긴키 지방에서도 보인다. 전국에 '후지미富士見'
라는 지명이 많은 것도 고개가 끄덕여진다.

물론 보일지 안 보일지는 날씨에 따라 다르다. 계절에 따
라 다르기도 하다. 잘 보이는 때는 겨울이 압도적으로, 12월
부터 2월에 걸쳐서 '전체가 보이는 일수'는 평지에서도 60
퍼센트가 넘는다고 한다. 최근 한두 달 사이 나의 3타석 3안
타는 뽐낼 만한 정도도 아닌가보다.

후지산오토코, 쓴웃음. 데헷.

어느 각도에서 얼굴을 내밀까, 하는 점에서도 후지산은
신비롭다.

기차 혹은 자동차로 달리고 있을 때 오른쪽에서 보이는

것 같다가도 어느새 왼쪽에 모습이 나타나기도 한다. 사라졌다고 생각하면 뒤쪽에서 다가오고 있기도. 신의 산이라는 만큼 신출귀몰. 아니, 움직이는 것은 이쪽이지만.

지역 사람은 완벽하게 파악하고 있을 거라고 생각하기 쉽지만, 그렇지도 않은 듯하다. 산기슭 마을에 갔을 때 건물에 가렸는지 보이지 않아서 그 지역 주민에게 물어본 적이 있다. "후지산은 어느 쪽에 있나요?"

그 사람은 자신 있는 듯 손가락으로 가리키려다가 고개를 갸웃거렸다. "응? 어느 쪽이더라? 집 근처가 아니면 잘 몰라."

그렇다고 합니다.

작년 가을, 작업실을 이사했다. 이전 장소보다 마을 중심가에서 좀 떨어진 곳이긴 하지만 그만큼 경치는 좋다. 뭐, 아무리 그래도 후지산이 보이지는 않지만.

이런 생각을 했는데, 이사한 지 한 달 정도 지나서 늘 바라보던 남쪽 창문이 아닌 평소에는 커튼으로 가려놓았던 석양볕이 들어오는 창문 방향에 틀림없는 후지산의 실루엣이 떠올라 있는 것을 발견했다.

후지산은 정말로 신비롭다. 아니, 한 달이나 눈치채지 못한 내가 이상한 걸까? 그러면서 후지산오토코라는 둥 이야기하는 것은 주제넘지 않은가.

후지산오토코, 데헷, 날름.

🐣 인생은 무거운 짐을 진
긴 여행, 이라나 뭐라나

여행 갈 때 짐은 적은 편이 멋있어 보인다. 여행이 잦아 익숙하다는 느낌을 준다. 인생의 상급자라고도 할 만한 여유가 엿보인다. 그에 비해 짐이 많은 사람은 세상 물정에 밝지 못하고 어수룩하고 가방의 크기와는 정반대로 사람이 작아 보이는 것을 부정할 수 없다……고 생각하는 것은 언제나 여행의 짐이 많은 나의 비뚤어진 마음 때문일까.

일 때문에 관계자들과 함께 여행을 갈 때 선반에 올린 가방의 크기 차이에 놀라는 일이 자주 있다. 그들의 가방은 출근용인가 생각할 정도로 작다. 여러 가지로 필요한 물건이 많을 것 같은 여성들의 가방도 대체로 콤팩트하다. 불룩하게 부푼 내 가방을 보며 어쩐지 패배감을 느낀다.

왜 나는 짐이 많을까. 옷을 자주 갈아입는 편도 아니고, 몸을 단장하는 용품은 거의 사용하지 않는 인간인데.

왜냐면 그 이유는 하나밖에 없다. 쓸데없는 물건을 가지고 가기 때문에 안 되는 것이다.

예를 들어 그다지 읽지도 않는 책. 그다지 읽지 않는다는 사실은 스스로도 알고 있기 때문에 역에서 가벼운 문고본을 산다는 발상은 없고 읽고 있던 상당히 두꺼운 단행본인가 뭔가를 그대로 집어넣는다.

일도 가지고 간다. 사적인 여행이라도, 물론 노트북을 가지고 다니지는 않지만, 노트나 필기구, 전자사전, 교정지(출판 전에 인쇄한 원고로 수정 작업을 위한 것입니다. 일이 일이니 만큼 연재용, 단행본용, 문고본용, 일 년 내내 무언가의 교정지를 안고 있습니다) 다발 등을 가방에 숨겨 넣는다.

여행을 가서까지 일에 쫓길 만큼 바쁘다거나 일에 열의가 있기 때문도 아니다. 여행지에서라면 평소와는 다른 아이디어가 떠오르지 않을까, 교정도 순조롭지 않을까, 이런 독장수셈이 그렇게 만든다. 의욕만큼 효과가 좋았던 경험은 없지만.

잠자기 전에 술을 마시는 습관이 있어서 위스키 병도 집어넣는다. 콘택트렌즈를 사용하기 때문에 식염수도 많이. 참, 그렇지, 온천에 갈 때는 개인용 거품타월도. 까끌까끌한 것으로. 일반 타월은 거품이 잘 안 나니까.

요약하자면 당신이 여행에 익숙하지 않은 것일 뿐이잖아, 하는 목소리를 부정하지 않겠습니다. 애초에 1박 출장용 오버나이터인지 뭔지 하는 비즈니스맨 같은 작은 가방은 가지고 있지 않다. 1박이든 3박이든 같은 가방. 많이 들어가기 때문에 나도 모르게 잔뜩 넣게 된다. 어떤 여행이든 상관없이 여행용 짐을 싸는 일은 꽤 즐겁다. 소풍가방에 과자나 장난감을 필요 이상으로 쑤셔 넣는 초등학생과 똑같은 사고회로라고 말씀드립니다.

뭐, 괜찮지 않나요? 사람이 작아 보여도 상관없어. 겉으로 허세를 부리고는 호텔에서 팬티를 빠는 것보다는. 다른 사람들에게 대신 들어달라고 하는 것도 아니고 스스로 짊어지고 다니니까. 무거운 짐에는 익숙하니까요. 가족여행 때는 가족들의 짐도 다 들고 다니거든요.

인생은 무거운 짐을 지고 먼 길을 가는 것과 같다고 하잖아요. 그거랑은 관계없나.

그런 연유로 무거운 짐을 껴안고 오늘도 또 여행을 떠난다.

이번 달로 저의 연재는 끝납니다. 2년 동안 애독해주셔서 감사합니다. 좋은 여행 하시길.

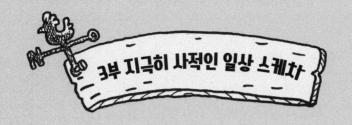

3부 지극히 사적인 일상 스케치

최초 게재된 매체는 각 글의 끝에 표기했다.

🐣 외국인이라서 마음에 들지 않아?

이 원고가 나올 무렵에는 완전히 소란이 가라앉았을 테고, 그사이에도 여러 사람이 여러 가지를 이야기할 것이 분명하니 그만둘까 생각도 했지만, 역시나 쓰기로 했습니다.

스모 선수 아사쇼류 아키노리의 은퇴에 관한 이야기다.

어쩐지 답답한 심정이다.

폭력을 휘두른 것은 사실이기 때문에 은퇴의 직접적인 원인이 된 폭행사건을 옳다고는 말할 수 없지만, '드디어 성가신 존재를 내쫓았다' 같은 일부의 분위기가 답답하다. 품격소동이 일어난 무렵부터 계속 그런 생각을 해왔다.

열렬한 스모팬들이 자신들의 소중한 것이 더럽혀졌다고 느끼는 애타는 마음을 모르는 것은 아니다. 하지만 아사쇼류뿐만 아니라 중학교나 고등학교를 졸업하고 아직 몇 년 되지 않은, 겉늙어 보이지만 연령으로는 유행에 따라 바지를 엉덩이에 걸쳐 입고 다니는 젊은이들과 다르지 않은 선수들에게 갑자기 품격이니 뭐니 구체적인 정의도 분명하지 않은 가치관을 억지로 밀어붙이는 것은 생떼가 아닌가 하는 생각을 나는 했다.

하물며 외국에서 온 사람이다. 일본에 온 지 오래되지 않은 사람의 젓가락 사용법에 갑자기 화를 내는 것 같은 부자연스러움을 느꼈다.

아사쇼류 문제의 밑바닥에는 품격 운운뿐만 아니라 '스모라는 일본인이 최고여야만 할 국기의 최상위 자리에 몽골 출신 외국인이 선 것이 마음에 들지 않는다'는 뒤틀린 기분이 있지 않았을까? 텔레비전에서 논평하는 누군가가 어떻다는 것이 아니라 일본인 한 사람 한 사람의 마음속에.

세계적으로 보면 체구가 작고 체력적으로 밀리기 쉬운 일본인에게 스모는 '그래도 우리에게는 스모 선수 같은 사람도 있단 말이지' 같은 형태로 자존심을 의지할 곳이었는데 최근 외국인 선수의 활약으로 점점 깨지고 있다. 그러다보니 '스모는 힘만 강하다고 되는 것이 아니다, 플러스 알파를 갖춰야지'라고 정신론을 꺼내든다. 그런 생각이 정말로 전혀 없었을까?

실제로 "강한 일본인 선수가 없으면 스모는 재미없다"고

공언하는 사람도 많다. 스모뿐만이 아니다. 프로야구만 해도 "용병선수에게 홈런왕을 빼앗기고 싶지 않아", "4번 타자는 역시 일본인" 같은 논평이 매스컴에서도 버젓이 통한다. 그들이 일본어를 이해하지 못한다고 깔보면서. 알게 되면 화낼 것이다. 나라면 의욕을 잃을 것 같다.

프로스포츠에서 외국인 선수를 몇 명으로 제한해두는 일은 다른 나라에도 있고, 스포츠에 내셔널리즘이 얽히는 것은 어쩔 수 없달까, 얽히기 때문에 재미있고 흥분되는 것도 분명하다. 나도 밴쿠버 동계올림픽 때는 다른 나라 선수의 순서가 되면 남몰래 '넘어져라, 넘어져라' 생각하며 보기도 했다.

하지만 그것은 그것. 프로로 같은 경기장에서 같은 규칙으로 경기를 하고 있는데 같은 박수를 보내지 않는다면 외국에서 온 선수가 안타깝다.

그도 그럴 것이 같은 일을 스즈키 이치로 선수가 당했다면 어떨까.

타격왕이 되었는데 미국 국기인 베이스볼의 가치인 아메리칸 스피릿이 없다는 등 공격당했다면? 싫지 않은가? 화나지 않는가?

이치로나 미야자토 아이는 미국에서나 세계적으로 축복

받기를 원한다. 하지만 일본에 오는 외국인 선수의 활약은 보고 싶지 않다, 따위의 이야기, 언제까지고 통하지는 않을 것이라 생각한다.

(2010년 4월 2일호 〈주간 포스트〉)

🍅 2월은 못된 아이

2월은 악마의 달이다.

원고 마감에 관해서 "월말쯤까지 어떻게 좀", "월초에는 반드시" 등 애매하게 약속하는 일이 내게는 자주 있다. 날짜를 모호하게 해서 하루라도 시간을 벌려는 속셈이지만 2월에 안이하게 이런 짓을 하다가는 호되게 당한다. 2월 마감이 닥쳐오니 슬슬 시작해야지, 하며 문득 달력을 보면.

월말이 없어!

예를 들어 25일이라고 하자. 보통은 아직 일주일의 유예가 있을 것이 4일밖에 없다! 글 쓰는 속도가 느린 내게 있어서는 말도 안 되는 오산이다.

빨리 깨달으면 문제없을 이야기지만 한 달은 31일 혹은 30일이라는 관념이 머릿속에 새겨져 있다보니 매년 속는다.

어째서 2월만 28일밖에 없는 걸까. 아니, 올해는 29일까

176

지 있어요, 라고 해본들 단솥에 물 붓기. 2월은 달력의 못된 아이다.

소설을 쓰는 사람으로 한정하지 않아도, 2월이 짧아서 곤란한 사람이 많지 않을까?

실적이 정해져 있는 직장인은 2월 실적을 지난달과 비교하고 싶지 않을 것이다.

경영자 입장에서는 다른 달과 같은 급여를 지급하는 일이 석연치 않게 느껴질지도 모른다.

입시를 앞둔 학생들은 시험이 얼마 남지 않았다는 것에 조급해하며 벼락치기 공부를 해야 한다.

가계를 맡고 있는 주부도 럭키라고 생각하기보다는 월말을 잃어버린 어수선함에 허둥거릴 일이 많지 않을까.

12개월 중 군이 2월만 28일(혹은 29일)로 한 이유는 뭘까? 이상하지 않나요? 31일까지 있는 달을 두 달 줄여서 2월에 이틀을 주기만 하면 되는데. 나는 늘 의문스러웠다. 하지만 이상하다고 생각만 했지 사실을 밝혀보려고 한 적은 한 번도 없었다. 이 글을 쓰는 동안에 스스로의 나태함을 반성해 겨우 무거운 엉덩이를 들어 올릴 기분이 되었다.

그래서 조사해봤습니다.

이런 사정이라고 합니다.

현재의 달력은 고대 로마가 기원인데, 처음에는 지금과는 상당히 달랐다고 한다. 농경을 개시하는 3월이 1년의 시작이었다. 농사 작업이 없는 한겨울은 달력조차 없었다. 그래서는 곤란하다고 생각해서 나중에 1, 2월을 덧붙였다. 이후 윤년이나 여타 계산상의 차이를 마지막 달인 2월이 책임지게 된 것이다.

그 후 1년의 시작이 1월로 정해지면서 율리우스 카이사르 시대에는 31일, 30일이 한 달씩 배치되었다. 하지만 그러면 1년이 366일이 되어버리니까 2월을 윤년에만 30일이 되도록 정했다.

2월의 수난은 계속 이어진다. 카이사르의 뒤를 이은 초대 로마 황제 아우구스투스가 고집을 부리기 시작한 것이다. "카이사르가 자신의 탄생월인 7월에 자신의 이름 '율리우스(줄라이)'를 붙이고 꽉 찬 31일로 했는데 나의 달은 없다. 어쩔 건가." 그러면서 8월을 자신의 이름을 딴 '아우구스투스(오거스트)'라고 바꾸고 억지로 31일로 해버린 것이다. 그 하루를 어디에서 빼왔는가 하면 29일밖에 없었던 2월.

알고 보면 2월은 불쌍하다. 못된 아이라기보다는 괴롭힘을 당한 아이. 어른의 사정에 농락당하기만 했다. 잘도 지금까지 주눅 들지 않고 자라준 것이다.

2월은 지금까지도 불운을 뽑고 있다. 사실은 연중 가장 추운 시기인데도 겨울이나 눈의 긍정적인 이미지는 1월이나 크리스마스가 있는 12월에 다 빼앗겼다.

이벤트를 봐도 수수하다. 1월의 설날이나 성인식, 3월의 히나마쓰리[매년 3월 3일에 여는 여자아이의 건강과 행복을 기원하는 축제]나 졸업식 등에 비교하면 2월의 세쓰분[입춘 전날 콩을 뿌려 잡귀를 집에서 내쫓는 관습] 행사는 너무나도 약하다. 밸런타인데이는 있지만 성격이 몹시 비뚤어진 남자(저 같은)에게는 2월 따위 없으면 좋겠는데, 하고 원망만 받는다. 입춘이라고 해도 축복은 받지 못하고 '봄은 이름뿐'이라는 둥 불만만 듣는다(이야기가 벗어나는데 절기라는 것도 묘하지요. 입춘이 2월 초, 입추가 8월 초순이라니 아무리 생각해봐도 무리가 있다. 하이쿠를 즐기는 사람도 추측건대 곤란할 것이다. 현대의 계절감에 맞는 날짜로 변경하는 게 좋지 않을까 하고 나는 강하게 호소하고 싶다. 싶지만 어디에 호소해야 좋을지 모른다).

그러니까, 무슨 이야기였더라. 아, 불쌍한 2월 이야기.

억지로라도 2월을 칭찬해주고 싶다고 생각했다. 이 짧은 날을 원망하지 않고 긍정해주고 싶다.

만약 2월이 31일까지 있다면 어떨까? 이 추위가 계속 이어진다니, 라며 우울해질 것이다. 28일, 29일만 참으면 3월

이 된다. 겨울이 끝나고 봄기운이 찾아온다. 그렇게 생각할
수 있다면 행복하다.

칭찬은 아닌가?

일단 원고를 빠르게 진행하자.

(2012년 2월호 〈집의 빛〉)

🍅 오늘도 전파가 닿지 않아

"아이디어를 어떻게 만들어내세요?"

일 특성상 이런 질문을 자주 받아서 곤란하다. 어떻게 하면 아이디어가 떠오르지 않는지에 대해서는 얼마든지 이야기할 수 있는데. 괜찮은 호응을 얻을 만한 답을 할 수 없어서 최근에는 이렇게 대답하고 있다.

"맑게 갠 날 심야에 창문에서 고개를 쑥 내밀고 우주에서 전파가 내려오길 기다립니다."

시시한 농담이라 대체로 적당히 넘어간다. 하지만 전혀 소용없는 농담이지만은 않고 정말로 그렇게 느끼고 있는 것이다. 내 경우, 아이디어는 이렇게 저렇게 생각을 거듭해서 짜내는 것이 아니라 머리 위에서 내려오는 것을 무작정 계속해서 기다리는 것이 실제 상황에 가깝다.

이번 주의 아이디어는 언제 어디에서 어느 정도 내려올까. 일기예보처럼 가르쳐준다면 무척 도움이 되겠지만(적어도 확률만이라도. 0퍼센트라면 그날은 쉬기라도 할 테니), 그런 일은 있을 수 없다. 굳이 괴롭히기 위해 선택한 것 같은 시간대나 상황에 있을 때 떠오르는 일이 많다.

말은 이렇게 하지만 나도 전업 작가가 된 지 6년차. 막연히 기다리고만 있을 수는 없다. 최근에는 조금이긴 하지만 확률을 높이는 방법을 익혔다.

하나는 우선 어딘가에 나가는 것이다.

취재여행 같은 우아한 것이 아니라 간단히 말하자면 작업실에서 탈출. 방 안에서 계~~~속 생각하고 있어도 아~~~무 것도 떠오르지 않던 이야기의 새로운 조각을 거리를 어슬렁거리는 사이에 갑자기 잃어버렸던 물건처럼 찾는 일이 있다.

난점은 메모를 할 수 없다는 것. 수첩을 들고 나가면 될 일이지만 사실 탈출의 목적은 반 이상이 현실도피이기 때문에 대부분의 경우 갖추고 있지 않다. 휴대전화에 입력하는 방법도 있지만, 나의 초저속 엄지손가락으로는 입력하는 도중에 모처럼 떠오른 생각을 잊어버릴 위험성이 더 높다.

따라서 떠오른 장면이나 문장의 단편이 사라지지 않도록 몇 번이고 머릿속에서 반복하면서 작업실로 돌아와 황급히 메모를 남긴다. 최근 반년 동안의 실적으로 말하자면 쇼난의 해안에서 장편소설을 하나, 하네다공항 부근에서 단편소설을 하나 주워 왔다.

뇌는 어느 정도 몸을 움직일 때 활발하게 작동하는지도 모른다. 혹은 눈앞의 풍경이 끊임없이 변하면 시신경이 자극받아 그것이 뇌에 어떤 효과를 주는지도.

어느 쪽이든 아무런 과학적 근거도 없는 추측이지만 내가 광고제작 일을 하던 때 선배도 이런 말을 했다. "아이디어가 떠오르지 않고 막혔을 때는 야마노테센을 타고 한 바퀴 돌고 와."

그렇다, 전철을 타는 것도 효과가 있다.

창문으로 밖을 내다볼 때나 승강장에서 멍하니 멈춰 서 있을 때 무언가에 생각이 닿을 때가 많다. 사실은 지금 쓰고 있는 이 글도 게이힌 급행 가마타역의 2번 승강장에서 떠올렸다.

그렇다고는 해도 하루 종일 밖을 어슬렁거릴 수 있는 것은 아니다. 요즘처럼 추운 계절에는 특히. 밖에 나가도 아이디어가 떠오르지 않으면 어쩔 수 없이 작업실로 돌아와 마음이 내키지는 않지만 책상 앞에 몸을 묶어두고 새하얀 모니터를 보며 한숨을 내쉬며 키보드를 두드린다.

무엇을 제대로 쓰는 것도 아니고, 떠오른 것을 떠오르는 그대로, 컴퓨터를 장난감으로 받은 원숭이처럼 아무 말이나 키보드를 두드린다. '우키키키'라도 전혀 상관없다. 이름하여 '일단 손가락을 움직여보는 작전'.

늦었지만 양해의 말씀을 드리면 지금까지 여러 번 '아이디어'라고 말해온 것은 새로운 소설의 소재, 혹은 현재진행형인 소설의 장기적인 전개 등에 대한 것이고 매일 쓰는 원고 한 줄 한 줄에 대한 이야기가 아닙니다. 아무리 글 쓰는 속도가 느린 저라고 해도 한 줄 쓸 때마다 도쿄에서 쇼난까지 다녀왔다가는 몸이 남아나질 않을 테니까요.

매일 쓰는 원고와 관련해서 말하자면 사람은 참으로 타산적이라 마감 직전이 되면 갑자기 속도가 빨라진다. 가끔 머릿속이 아니라 키보드를 두드리는 손가락 끝에서 문장을 생각하는 것은 아닐까 싶을 정도로 술술 문장이 나오는 일이 (정말로 아주 가끔) 있다.

이런 때에는 어째서인지 마감 종료 직전인 원고와는 관계없는 소설의 한참 이후의 전개 상황이나 다른 소설의 아이디어까지 펑펑 쏟아진다. '어이어이, 지금은 좀 봐줘라' 생각하면서 잠깐 그쪽을 써버리는 일도 있다.

이것은 요컨대 아드레날린이 만들어내는 재주일 것 같은데 내게는 손가락을 계속 움직이는 사이에 뇌가 거기에 호응해 기어를 바꾸는 것처럼 느껴진다. 이쪽도 과학적 근거는 없지만 생각해보면 고령자가 치매 예방으로 호두알을 손 안에서 굴리는 것과 같은 이치가 아닐까 싶다. '일단 손가락을 움직여보는 작전'은 이 상황을 재현하는 것이 목적이다. 헛수고로 끝나는 일도 많은 목숨을 건 옥쇄전법이긴 하지만.

이렇게 하며 곰곰이 글을 엮어가는 사이에 앞에서 나온 질문에 조금은 제대로 된 대답을 할 수 있을 것 같은 기분이 들기 시작했다. '아이디어를 만들어내는 왕도는 없지만, 지름길은 계속해서 몸, 눈, 손가락을 움직이는 것.' 구체적으로 말하면 다음과 같은 느낌이 아닐까.

전철을 타고, 뭔가를 찾는 듯한 시선을 주위에 던지면서 정처 없이 걷고, 양손을 가슴 앞에 쑥 내밀고 손가락을 꼼지락꼼지락 움직인다.

만약 무언가 아이디어가 나오지 않고 막혀 있다면 한번 시험해보세요. 저는 하지 않겠습니다만.

(2008년 2월 3일 〈니혼게이자이 신문〉)

🍅 이름이 없으면 시작되지 않는다

장편은 물론 단편도 소설의 테마나 대강의 줄거리가 정해진 후 제일 먼저 퍼뜩 고민하는 것이 등장인물의 이름이다.

이야기의 종류에 따라서 다르지만, 내 경우는 기본적으로 너무 생각하지 않도록 주의하고 있다. 묘한 마음이나 현실감 없는 임팩트를 담지 않도록 자제한다. 하나사키 젠타로花咲善太郎와 오니쿠로 자지로鬼黒邪次郎 같은 이름의 주요인물 두 명을 등장시켜버리면 그 시점에서 이야기의 전개가 빤히 보인다. 자지로 군, 저렇게 보여도 꽤 괜찮은 녀석이야, 취미는 절이나 신사의 인장을 모으는 것과 홈파티지, 라고 보조설명을 해본들 독자는 믿어주지 않을 것이다.

그렇다고 너무 생각하지 않은 것 같은 이름으로 정하기도 사실은 힘들다. 너무 생각하지 않은 것 같은 이름으로 하기 위해 생각에 생각을 거듭하기도 한다. 이전에 나는 새로운 장편의 주인공 이름에 '스즈키'라는 성을 붙여 쓰기 시작한 적이 있다. 하지만 결국 도중에 개명해 그전까지의 이름을 전부 바꿔 썼다. 전국의 스즈키 씨에게는 상당히 죄송한 마음이지만 너무 평범해서 행간에 매몰되어버리는 것이다. '스즈키'라는 이름은 보편적인 일개 시민을 암시하는 걸까, 등으로 독자가 깊이 생각해버리진 않을까 하는 걱정도 있었다.

주인공의 성에 관해서 말하자면 '옛날 반에 한 명은 있었지'라고 생각될 정도로 평범하게 있을 듯하면서도 '아, 그래도 내가 아는 사람 중에는 없어'라고 대부분의 사람이 생각할 것 같은 실제는 의외로 적은 이름이 이상적이다. 한자의 배열이 보기 좋고 문장의 리듬을 무너트리지 않을 정도로 악센트가 있으면 두말할 나위 없다.

조연들의 성은 아주 평범하거나 조금 드물거나, 적당히 다르게 사용한다. 특정 지방을 무대로 했을 경우 그 지역에만 많은 특징적인 성을 조사해 한두 명은 그 성을 사용하도록 하고 있다. 나가노라면 시모히라 씨, 이와테라면 기쿠치 씨. 이런 식으로.

이름을 붙일 때는 조금 더 의도적이다. 성과 달리 이름에는 세대별로 유행이 있고, 형제 구성이나 부모의 성격, 성장

환경이 드러나기 때문이다. 다이쇼[1912~1926년]부터 헤이세이[1989년~]까지 '일본 이름 순위'가 기재된 책을 작업실에 상비해두고 그것을 참고자료로 사용한다.

전쟁 중에 태어난 남자 이름으로는 마사루勝, 이사오勳, 이사무勇, 쇼리勝利 등 용맹스러운 이름이 많다.

쇼와 30년[1955년] 전후에 태어난 여자 이름으로는 게이코惠子, 요코洋子, 교코京子가 많다. 당시 인기 배우의 이름일까.

헤이세이로 바뀔 무렵에는 아이愛, 쇼타翔太, 아야綾, 다쿠야拓也······.

하지만 어디까지나 참고 정도. 그 등장인물이 평범한 사고방식의 가정에서 자랐다면 평범한 이름. 엄격한 부모 아래에서 자랐다면 딱딱한 이름. 독특한 부모라면 독특한 이름으로 정한다. 세리카瀨莉華, 산시로三四郎, 레온礼音(보통은 레논이라고 읽을까?) 같은 이름은 부모의 취향과 외견, 어린 시절 입었을 옷까지 상상할 수 있을 것 같은 기분이 든다.

이름은 당사자가 아닌 부모의 성격이 내비치도록 한다. 등장인물 본인의 성격과 이름이 일치할 필요는 없다. 예를 들어 이전에 조연으로 '세이기正義'라는 이름의 야쿠자를 등장시킨 적이 있는데, 이것을 읽었을 때 '아, 고향의 부모님이 울고 계시겠지'라든가 '그는 가정의 엄한 교육에 반발한 걸까?' 하고 그 사람의 인생 사정을 한순간이라도 생각해준다면 저자로서는 이름을 붙인 보람이 있다.

이름이 필요한 것은 사람뿐만이 아니다. 가공의 지명, 회사명, 가게명……. 생각해보면 소설을 쓰는 인간은 자기 마음대로 네이밍만 잔뜩 하고 있다고도 말할 수 있다. 힘들다면 힘든 일이지만 즐겁다면 즐겁기도 하다.

단체명도 기본은 인명을 붙이는 방법과 같다. 이름 하나로 '주인이 착각하고 있어서 금방이라도 망할 것 같은 가게'나 '고루한 성격으로 시대에 대응하지 못하는 회사'나 '지나치게 대응해서 이상한 상태가 되어버린 회사' 등을 만들어낼 수 있다. 다만 실존하는 단체에 폐를 끼쳐서는 안 되기 때문에 가능하면 실존하지 않는지를 확인한다. 고민에 고민을 거듭해 만들어낸 주옥같은 이름이 현실에 있다고 판명되어 눈물을 머금고 포기한 일이 몇 번이나 있었는지.

이야기상 중요한 네이밍은 지나치게 생각하지 않은 것 같은 이름으로 하기 위해서 심사숙고하고 있지만, 어떤 이름으로 해도 특별히 지장이 없을 때는 조금 장난기를 섞기도 한다. 시리즈도 뭐도 아닌 전혀 다른 소설의 어딘가에 같은 이름을 숨겨둔다거나 하는 것이다. 이것은 내 소설을 여러 권 읽어주시는 독자분들께(갑자기 경어체로 변했습니다만), '아, 또 등장했어'라는 즐거움을 드리기 위해. 친한 사람 사이에서만 통하는 개그와 같다고 할까. '스시타쓰寿司辰' 같은 스시가게나 '초후쿠지長福寺' 같은 절은 기억하는 한 세 번은 넣었다. 누레무라 모모미濡村桃実라는 AV배우(이것이야말로 지나치게 생각한 느낌이지만 뭐, 예명이니까)도 자주 등장한다.

인물에도 단체에도 이름을 붙였다. 자, 이것으로 한시름 놓았다, 고는 할 수 없다. 최대의 네이밍이 남아 있다.

소설의 이름. 제목이다.

이것에 관해서는 여전히 요령도 정답도 도무지 모르겠다.

(2010년 4월 4일 〈니혼게이자이 신문〉)

🍅 세 가지 선택지 중에 루미코 씨

옛날에는 미디어의 수가 적고 획일적이었기 때문인지 아이돌에 대한 선택지는 그렇게 많지 않았다. 대체로 선택지는 셋.

이유는 모르지만 매스컴은 세 명을 하나로 묶는 것을 좋아했다. 야마구치 모모에, 사쿠라다 준코, 모리 마사코 세 사람은 중3 트리오로 불렸고, 고 히로미, 사이조 히데키, 노구치 고로 세 사람은 신고산케新御三家로 불렸다.

내가 이성에 눈을 뜨기 시작한 중학생 무렵 남자들의 세 가지 선택지는 아마치 마리, 미나미 사오리, 고야나기 루미코. 기억에 산닌무스메三人娘라고 불렸다.

미나미 씨는 한동안 보지 못했지만, 세 분 모두 예전에 비해 꽤 많이 변하셨다. 오랜만의 동창회에서 좋아했던 여학생과 만날 기쁨으로 마음을 두근거리고 있었는데 무언가가 저쪽에서 데굴데굴 굴러오기에 자세히 보니 그 동글동글한 물체가 그녀였다. 이런 이야기를 자주 듣는데, 말 그대로 오랜만에 굴러오신 분도 있다.

가장 인기 있었던 사람은 아마치 마리였다. 아무도 붙인 기억이 없는데 데뷔 초부터 '백설공주'라는 닉네임이 붙어 있었다. 확실히 누구나 좋아할 만큼 사랑스러운 이미지였다. 가창력이 그저 그런 부분까지 매력으로 꼽혔다.

쌍벽에 가까울 인기를 얻은 사람이 미나미 사오리. 이국적이고(애칭은 세례명인 신시아, 세례명이 무엇인지 잘 모르던 우리 꼬맹이들은, 오오, 하며 감동했다) 스타일리시한 느낌이었다. 슬림한 여자가 좋다는 녀석들은 대체로 미나미파.

고야나기 루미코는 다른 두 명과 비교하면 노래가 엔카 느낌이 나고 세련되지 않은 이미지가 있었기 때문인지 내가 다니던 중학교의 3학년 2반과 그 주변에서는 3위에 머물렀던 기억이 있다.

하지만 나는 고야나기파였다. 모두가 가는 길은 본능적으로 피해 간다는 선천적인 비뚤어진 성격 탓만이 아니라 내게는 가장 눈부시게 보였다.

덧니가 귀여웠다. 볼록한 볼을 손가락으로 콕콕 찌르고 싶었다. 두 뺨이 시골 아이처럼 살짝 빨간 것도 사이타마의 중학생인 내가 보기에는 매력 포인트 중 하나였다. 뭐든지(정말로 무엇이든) 용서해주는 연상의 누나 같은 느낌이었다. 잘 대접받았습니다. 이전에는 여러 가지로 신세가 많았습니다.

중학생들은 그녀의 매력을 알 리가 없지. 나 자신도 중학생이면서 백설공주라느니 신시아라느니 소란 피우는 주위의 다수파에 짜증을 내거나 묘한 우월감을 느끼기도 했다.

꼬맹이 같은 놈들, 보는 눈이 없군, 이라며 일편단심이었던 내가 주목했던 대로, 은퇴하거나 동글동글 굴러다니는 다른 두 사람과는 달리 고야나기 씨는 어떤 의미에서 지금도 연예계를 여전히 질주하고 있다.

지금도 팬이지만, 정말 네게 보는 눈이 있었는가? 하는 질문에는 노코멘트 하겠습니다.

선택지가 세 가지밖에 없는 것은 좀 곤란하지 않았나 하고 지금에 와서야 절실히 느낀다고 말하는 것으로 마무리하고 싶다.

(2009년 4월호 〈소설 신초〉)

알아도 득 될 것 없는
엄청 느리게 책 읽는 기술

죄송합니다. 전 독서가는 아닙니다. 모처럼 〈yom yom〉[요무 요무. 일본어 단어로 '읽다'라는 의미인 '요무読む'의 발음을 따온 이름으로 신초사가 발행하는 소설 잡지]에 원고를 쓰게 되었는데 시작부터 약한 모습이라 죄송합니다.

전혀 안 읽는 것은 아니고 활자 자체는 좋아해서 손에 신문도 잡지도 없을 때는 광고 카탈로그라도 열심히 읽어버릴 정도지만, 책, 특히 소설에 한해서 말하자면 지금까지 인생에서 읽어온 총량은 아주 평범한 책장 두 개분 정도밖에 되지 않을 것이다.

가끔 인터뷰를 할 때 '지금까지의 독서 편력', '최근 읽고 재미있었던 소설을 몇 권 뽑아줬으면 한다'라는 요청이 들어오면 항상 갈팡질팡한다.

인터뷰 의뢰가 들어오는 시점에 주제가 '독서'라고 정해져 있는 경우 언제나 앞에서 한 말을 해두지만, 상대방에게 소설가=방대한 독서량이라는 이미지가 있는지 "겸손하시네요", "다른 분들도 그렇게 말씀하세요" 하고 가볍게 흘려 버린다. "이번에 나오는 신간을 기사에서 다룰 거예요"라는 말을 들으면 나는 음흉한 근성을 드러내며 결국 인터뷰를 받아들인다. 그러면 이미 일은 커져 있다.

"○○○○(작가의 이름)에 대해서 어떻게 생각하시나요?"

……뭐 하시는 분인지?

"음, 미국 문학이라면 읽으시나 해서요(조금 짜증을 내기 시작한다). 그러면 □□□□(소설의 제목)은 어떤가요?"

……좋은 책, 이라고 들었습니다.

허세를 부려도 소용없으니까 취재 중에도 독서량의 결핍을 호소하지만, 취재를 하는 입장에서도 그래서는 곤란한지, 이쪽을 신경 써주는 건지, 어째서인지 인터뷰 기사 중에는 '읽지 않았다', '모른다'는 부분은 깔끔히 지워지고 매번 나는 남 못지않은 독서가 같은 말을 지껄이는 인간이 되어 있다.

이 글은 스스로 쓰고 있으므로 드디어 커밍아웃합니다.

그런 연유로 이상, 보고를 마칩니다. (끝)

농담입니다. 죄송합니다. 계속 쓰겠습니다.

좀 더 '요무 요무'한 이야기를 해야 하는데. 자, 이제 어떻게 하지.

에, 그러면 지금부터 변명을 개시하겠습니다.

소설을 그다지 읽지 않는다고 해도 소설에 소비해온 시간은 그렇게 적지 않다고 생각한다.

어쩐지 술 취한 선승 같은 말투인데 어떤 의미인가 하면 나는 책을 읽는 속도가 느리다. 그것도 극단적으로. 비정상, 변태라는 욕을 들어도 할 말이 없을 정도.

'신칸센 안에서 한 권', '하룻밤 사이에 다 읽었다', '하루에 세 권 읽는다'.

다른 사람의 이런 이야기를 들으면 언제나 놀란다. 어디를 어떻게 하면 그런 것이 가능할까? 곡예로밖에 생각되지 않는다.

내 경우 신칸센으로 말하자면 도쿄에서 하카타까지 간다고 해도[도쿄에서 후쿠오카의 하카타역까지는 약 다섯 시간이 소요된다] 끽해야 50~60페이지밖에 읽지 못할지도 모른다.

젊을 때부터 그랬다. 그보다 최근에는 인생의 남은 시간이 적어진 것을 자각하기 시작한 탓일까 그래도 이전보다는 꽤 나아졌다.

예전에는 더 심각했다. 내가 가장 책을 많이 읽었던 시기는 아마도 학창시절일 텐데 그 무렵에는 한 시간에 20~30페이지(좋았던 것도, 도중에 지루해진 것도 아닌데도) 정도 읽는 것도 드물지 않았다.

무엇에 그렇게 시간을 소비했는가 하면 머릿속 이미지 만들기다. 하나하나 정황과 광경을 읽으면서 일일이 그려보는 것이다. 각각의 장면에 납득할 때까지는 다음으로 넘어가지 않는다. 다른 것은 대충 하는 주제에 소설을 읽는 데 관해서만은 완벽주의. 독서의 구로사와 아키라[일본 영화감독].

예를 들면 이렇다.

"창문으로 들어오는 저녁 햇살이 그의 방 안에 옅은 빛기둥을 만들었다."

이런 문장이 있다고 하자. 이 문장 하나에 내가 고민할 부분이 잔뜩 있다.

창? 새시? 아니, 무대가 되는 이 시대라면 목재였을까? 불투명 유리는 있었을까, 없었을까? 커튼은 달려 있나?

저녁 햇살? 이건 어느 계절 이야기였지? 그렇다면 지금 몇시쯤? 저녁 햇살은 무슨 색? 방? 가구 배치는? 이 사람, 침대에 누워 있었던가? 바닥에 이불이 깔려 있었던가?

책장을 다음으로 넘기기는커녕 앞으로 되돌려 거기서 다

시 이불 무늬는? 하고 미궁을 헤매는 일도 자주 있었다.

여하튼 책 한 권을 살지, 아니면 평소처럼 라멘에 교자와 맥주를 함께 먹을지 고민하던 시절이다. 산 이상 본전을 뽑으려는 구두쇠 근성에서 시작한 버릇이라고 생각한다. 다른 사람보다 말에 대한 반응이 둔하다는(아내의 말에 대답하려고 하지만 제대로 말하지 못하고 다음 날 아침 겨우 대사를 떠올린다든가 하는) 나의 뇌 구조적인 문제인 것도 부정하지 않는다.

아무튼 책은 핥듯이 읽었다. 어쩐지 맨 처음과는 톤이 달라진 기분도 들지만, 정말로. 페이지의 끄트머리가 너덜너덜해질 정도로.

나는 옛날부터 문장이 멋진 소설을 좋아했는데 그런 책의 경우 단어 하나 문장 한 줄을 즐긴다. 좋은 문장은 몇 번이고 다시 읽으며 한숨을 지었다.

내용은 좋지만 문장이 그저 그런 소설의 경우 머릿속에서 마음대로 바꿔 쓰거나 했다(내가 소설을 쓰리라고는 꿈에도 생각하지 못했던 무렵의 일이다. 괘씸한 놈이었습니다. 내 소설이 누군가에게 같은 일을 당한다면 화나겠지).

모르는 어휘나 용어가 있다면 무조건 찾아봤다. 그래서 특히 끝나지 않았던 책이 번역본이었다. 지명이 나올 때마다 지도를 펼치고, 모르는 외국어는 사전을 뒤진다.

"오하이오 주 컬럼버스에서 북으로 100마일. 그 저택은 이리 호가 내려다보이는 언덕에 있다."

일시정지. 지금 지도 가지고 올게. 마일은 몇 미터였더라? 계산해봐야지.

"남자는 그릇 위의 프로슈토와 6파인트의 맥주를 먹어치웠다."

잠깐 기다려봐. 프로슈토, 프로슈토? 아아, 모르겠어. 패스.

파인트…… 음, 파인트…… 우왓, 당신 과음이야.

끝날 리가 없다.

옛날 이야기처럼 말하고 있지만 불과 몇 년 전까지는 비슷한 짓을 했었다. 다른 사람들만큼이라고는 말하지 못하지만, 최근에는 인생의 남은 시간이 적어…… 아, 이 이야기는 앞에서 했었지. 본심을 말하자면 이런 버릇이 조금 고쳐진 것은 소설가가 되어 내 글을 쓰는 것만으로 벅차다보니 다른 사람의 창작물을 접할 때의 내가 생각해도 묘한 일그러진 애정 같은 열정이 옅어졌기 때문이라는 생각이 든다.

지금 읽고 있는 것은 유대계 미국 청년이 자신의 뿌리를 찾기 위해 우크라이나인 학생과 그 조부, 키우는 개를 안내인으로 하여 여행하는 이야기.

우크라이나. 모르는 것이 많아서 힘들다. 한 달 이상 전부
터 읽기 시작해서(도중에 몇 권 바람을 피웠다고는 하지만), 지
금 113페이지째.

버릇은 고쳐지지 않았는지도 모르겠다.

(2007년 7월호 〈yom yom〉)

🍅 안녕, 대물 거시기

몇 년째 나는 R. D. 윙필드의 '프로스트' 시리즈 신작을 기다렸다. 세 번째 작품인 《밤의 프로스트Night Frost》가 나온 후 벌써 6년이 지났다. 올해는 나올까? 올해야말로 나올까? 기다리는 사이에 저자인 윙필드의 부고를 먼저 듣고 말았다.

애석하다.

그렇게나 이상하면서 재미있기까지 한 소설은 또 없다. 그래서 몇 년이고 기다렸던 것이다.

들리는 이야기에 따르면 아직 일본에 번역되지 않은 작품이 세 편 남아 있다고 하는데 그 이상 읽지 못한다니 '아직'이라기보다는 '겨우'라는 기분이 든다.

윙필드 씨에게 죄송하지만 무척 좋아하는 소설 시리즈인데도 나는 언제나 저자의 이름을 잘 잊어버려서 머릿속에서는 '프로스트 경부의 책' 이런 식으로 기억하고 있다. 윙필드가 '프로스트' 이외에 소설을 쓰지 않아 정보가 적은 사람이기 때문이기도 하지만, 그 이상으로 주인공 프로스트 경부의 캐릭터가 강렬하기 때문이라고 생각한다. 윙필드 사망 뉴스는 내게 프로스트 경부의 부고이기도 했다.

합장.

'프로스트'의 매력은 뭐라 해도 프로스트 경부다. 멋없고 입이 험하고 그렇다고 성격이 괜찮다고도 말할 수 없다. 이런 마이너스 요소만 가진 남자를 주인공으로 이야기를 성립시켜, 읽는 사람이 감정이입을 해서 읽는 동안 '해치워버려', '그래, 당신 말이 옳아' 같은 응원을 하고 싶어지는 존재로 만들다니 저자는 대단하다. 제대로 이름을 기억하지 못해서 죄송했습니다. 이제 와서야 이런 생각을 했다.

외람되지만 제 이야기를 조금 쓰겠습니다. 내가 쓰는 소설도 주인공이 멋없고 여기저기 개그가 섞인 캐릭터가 많다.

이런 소설은 저자인 나는 진지해서 매번 몸을 깎는 듯한 고통을 느끼며 글을 쓰지만, '아아, 개그인가', '가벼운 느낌의 녀석 말이지'라고 사도邪道 취급받는 일이 있다. 이야기를 조금이라도 재미있게 읽어주었으면 해서 고생 끝에 만든 개그가 들어가면 들어갈수록.

분명 '개그'라고 한다 해도 맞는 말이고, 나 역시도 '사도 우월'이라는 마음으로 쓰고는 있지만, 이쪽도 누군가의 귀한 자식. 왠지 모르게 부당한 취급을 받고 있는 기분이 들어서 비뚤어져 무릎을 끌어안고 시무룩해지는 날도 있다.

그래서, 윙필드 씨는 같이 취급하지 말라고 화내실 것 같지만, '프로스트' 시리즈는 남 같지 않다. 읽을 때마다 '신경 쓰지 마. 그걸로 충분해' 하고 격려를 받는 기분이 된다.

프로스트와 비교한다면 내게는 아직 험한 말투가 한참 부족하다고 반성하기도 하고(번역가의 공적일지도 모르지만 '대물 거시기' 같은 표현은 나는 떠올릴 수 없다), 월등히 멍청한 대사에 '아아, 이런, 선수를 빼앗기다니' 하고 혼자 라이벌로 여기며 분해하기도 했다.

기존 책의 권말 해설에는 저자 윙필드가 어떤 사람인지에 대해서는 거의 실려 있지 않았다. 경력으로 봐서 젊지 않은 사람이라는 느낌은 들었지만 이번 부고로 그가 79세였다는 사실을 처음 알았다.

놀랐다. 내 부모님 세대. 게다가 여섯 번째 작품을 완성시킨 것은 세상을 떠나기 아주 조금 전이다.

마흔 살이 넘어 데뷔한 나는 이 사실에도 용기를 얻었다. 앞으로, 소설가로 내게 몇 년이 남아 있는지는 모르지만, 계속해서 쓰되 무리해서 많은 경험을 쌓으려고 하거나 달관할

필요가 없다. 대물 거시기로 해나가면 된다. 그런 가르침을
받은 것 같았다.

윙필드는 1984년에 데뷔했다고 지금까지는 소개되어왔
지만, 최초의 소설 《크리스마스 프로스트Frost at Christmas》는 부
득이하게 오랫동안 빛을 보지 못했던 작품으로 실제로 완성
한 때는 1972년이라고 한다.

35년 동안에 여섯 작품. 아무리 기다려도 쉽게 출판되지
않은 이유다.

이렇게 과작寡作 작가라는 점도 가능하면 닮고 싶은 부분
이다. 무리겠지만.

(2007년 10월호 〈미스터리즈!〉)

고고한 철학자에게 감사를

쇼지 사다오 씨의 에세이를 무척 좋아한다.

음식 에세이를 특히 좋아해서 '통째로 베어 먹기丸かじりシ'
시리즈 총 32권은 거의 다 가지고 있다.

거의, 라고 쓸 수밖에 없는 것이 분하다.

사실은 전권을 가지고 있다고 생각했는데 이 글을 쓰기
위해 다시 책장을 확인해봤더니 몇 권이 빠져 있다는 사실
이 판명되었다.

물론 지금 바로 사서 채우고 싶다.

그 씹는 맛이 괜찮은 문장이 무엇보다 좋다.

에세이의 내용 자체는 하나의 사실을 끈적끈적 끈덕지게
고찰하는 것이 많은데도 속이 더부룩해지지 않고 사각사각
맛볼 수 있는 이유는 그 문체 덕분이다.

쇼지 사다오 씨의 문장은 거의 반드시 마침표마다 줄을

바꾸는 것이 특징이다.

이것이 그 매력적인 씹는 맛이 좋은 글을 만들어낸다.

한 줄 한 줄 힘이 있다.

문장의 여백이 절묘하다.

이미 눈치채셨겠지만 저도 흉내 내어 여기까지 마침표마다 줄을 바꿔봤습니다만, 안 되네요.

그것은 명인의 솜씨다.

흉내는 낼 수 없다.

아아, 이제 그만두겠습니다. 그렇다, 문장의 형태만 흉내 낸다고 되지 않는다. 사각사각하는 느낌이 가득한 문체는 음식으로 말하자면 속을 맛있게 먹기 위한 튀김옷. 튀김옷 안에는 육즙 가득한 고급 등심이나 탱글탱글한 새우나 포슬포슬한 감자, 그 외에 여러 가지, 한 번 맛보면 먹기를 멈출 수 없는 맛있는 속이 가득 들어 있다.

'통째로 베어 먹기' 시리즈 중《남자의 분별학男の分別学》에서도 쇼지 씨가 쓴 에세이의 소재는 지극히 친근한 것이 많다. 읽으면 모두 '아, 맞아 맞아' 하는 기분이 든다. '뭐야, 똑같은 생각을 하는 사람이 있었잖아'라고 안심하기도 한다.

하지만 잠깐만. '아, 맞아 맞아'라고 말하지만 쇼지 씨가 쓰기 전에는 대부분 무심하게 지나치던 일이었을 것이다.

그렇죠? 쇼지 씨를 대신해 책상을 탕탕 두드리며 항의하고 싶다.

생각했다고는 하지만 충분히 추구하지 않았고 해명하려는 노력도 게을리해왔다. 논의거리로 제기해본 적조차 없었다. 아닌가요? 탕탕.

우동에 들어 있는 날달걀의 처치방법을 ① 그대로 꿀꺽 삼킨다 ② 젓가락을 찔러 터트린다 ③ 먹다보면 자연스럽게 터져 있다로 분류하고, 거기에 더해 ③을 "전체를 휘저어서 국물에 잘 섞어서 먹는 부류", "농후한 노른자를 그대로 우동에 묻혀서 먹는 부류"까지 분류해본 사람이 지금까지 쇼지 씨 이외에 있었을까? 렌호라도 아직 분류해보지 않았을 거라고 생각한다.[일본 정치가 렌호는 2009년 일본 정부가 행정쇄신 회의에서 국가예산 재검토 사업을 분류할 때 그 일을 담당했다. 차세대 슈퍼컴퓨터 개발 예산을 대폭 삭감하면서 굳이 세계 1위를 목표로 해야 하는지 의문스럽다며 "세계 2위면 어떠냐"라고 한 말이 화제가 되었다.]

이 닦는 가루[일본에서 치약을 가리키는 단어 하미가키코歯磨き粉는 '이 닦는 가루'라는 의미를 담고 있다]라고 누구나 의문 없이 부르지만, 치약 튜브 안 내용물이 가루가 아닌 것을 간파하고 지금 바로 새로운 명칭이 필요하다고 문제제기한 사람이 또 누가 있을까(참고로 쇼지 씨가 가채택한 명칭은 이 닦는 미끌미끌).

쇼지 씨는 온갖 것들을 들여다보고 놀라워하며 하나하나 분석하고 구명하고 논파해나간다.

소송채를 보고 무언가를 배우기도 하고, 미림보시[생선을 미림에 담갔다가 말린 식품]를 응원하기도 하고, '아ァ' 다음이 왜 '이ィ'일까, 아이우에오순의 음모를 걱정하기도 한다.

우리가 일상 속에서 감을 잡고는 있지만 나태하게 보고도 그냥 지나쳤던 온갖 문제에 대해 오직 한 명, 깊이 고민해주고 있는 고독한 철학자인 것이다.

착안점이 보통사람들과는 다르다. 게다가 그 시선은 항상 낮은 곳에 있다. 위에서 내려다보는 거만한 시선으로 사람을 보지 않는다.

쇼지 씨의 에세이가 누군가를 보고 웃어도 비아냥거리는 투로 들리지 않는 것은 그 이상으로 자신을 객관화해 스스로를 보고 웃고 있기 때문이다. 쇼지 씨가 본심으로 거만하게 굴거나 과시하려고 쓴 문장을 나는 읽은 적이 없다.

이게 간단해 보여도 어렵다. 인간이라는 동물은 슬픈 동물이라 무의식중에 말의 구석구석에 자만이나 허세가 나오기 마련이다. 글쓰기의 프로라도. 비교적 자학적인 잡문을 특기로 하는 저조차도(←봐, 스리슬쩍 자만하고 있음).

다른 사람에게 호감을 얻고 싶어, 거물급으로 보이고 싶어, 바보로 여겨지고 싶지 않아, 이런 심리가 어딘가에서 움직입니다. 자랑만큼 재미없는 이야기도 없는데 말이죠.

그런 점에서 쇼지 씨는 다른 사람에게 호감을 얻으려는 생각 따위는 눈곱만큼도 하지 않는 것처럼 보인다. 그래서 사람들이 좋아하는 것이다.

아, 그렇지, 잊으면 안 된다. 다른 문필가는 흉내 낼 수 없는 쇼지 에세이의 최대 매력 포인트에 대해서도 써둬야지.

자신의 손으로 그리는 삽화다. 알다시피 본업. '이 에티오피아의 빵은 어떤 모양일까?' '여기에 나오는 아주머니가 입은 이상한 옷이란?' 이렇게 더욱 알고 싶어하는 독자의 마음이 페이지를 넘기면 바로 해소된다.

이것은 바삭바삭한 튀김옷에 뿌리는 주인장 셰프만의 특제 소스가 아닐까.

〈올 요미모노〉 간행 40주년 진심으로 축하드립니다.

(2010년 9월호 〈올 요미모노〉)

원츄

여름 노래라고 하면 미나미 요시타카가 떠오른다.

〈슬로우 부기로 해줘〉

다름 아닌 '원츄WANT YOU'라고 갑자기 외치며 시작하는
곡이다.

이렇게 말하지만 나는 미나미 요시타카의 팬은 아니라 사
실은 〈슬로우 부기로 해줘〉에서 '원츄'에 이어지는 가사조
차도 모른다. 왜 떠오르는가 하면 해수욕장에 갈 때마다 귀
에 들려왔기 때문이다.

군옥수수나 코코넛오일의 냄새가 떠다니는 모래사장에
엎드려 있으면 머리 위쪽 스피커에서 조금 갈라진 목소리로
미나미 요시타카가 외친다. '원츄'.

에어매트에 엎드려 파도 위를 떠돌며 바나나보트에 걸터
앉은 비키니 차림의 누나들을 훔쳐보고 있으면 해변에서 내

마음의 외침 같은 샤우팅이 흘러나온다. '원츄'.

시내에 있는 가게에서 나왔다면 불평할 법한 맛인데 어째서인지 묘하게 맛있는 바다의 집[해수욕장을 이용하는 사람들을 위한 편의시설 및 가게를 부르는 말] 라멘을 먹고 있으면 해풍에 목소리가 떨리는 미나미 요시타카가 노래한다. '원츄'. 나도 한 입만 줘, 라고 말하듯이.

옛날 노래로는 사잔 올 스타즈, 튜브. 최신으로는 비즈, 에브리 리틀 싱(최신은 아닌가). 너무나도 해변의 유선방송에 나올 법한 노래는 그들의 곡 외에도 많이 들어왔을 텐데 어째서인지 귀에 딱 들러붙어 있는 것은 그 '원츄'다. 내가 자주 가는 바다가 대부분 구주쿠리 방면인 것과도 관계가 있을까?

옆의 여자들만 있는 무리에게 "짐 좀 봐줘"라는 속이 빤히 보이는 부탁을 한 후, '감사 인사'로 콜라를 안고 돌아와 보면 함께 온 남자들이 와 있었다, 하는 일이 있던 시절이니까 미나미 요시타카는 내 머리 위에서 외쳤던 듯한 기분이 든다.

내일의 근육통을 걱정하면서 아직 비치볼 크기만 하던 어린아이들을 안고 파도타기 놀이를 해줬던 무렵에도, 수영스쿨에 다닌 아이들이 바다로 헤엄쳐가는 것을 아랫배를 가리는 티셔츠 차림으로 깍지를 끼고 바라보기만 하게 되었을 때도 '원츄'.

그러고 보니 최근 몇 년 동안 바다에 가지 않았다. 마지막으로 갔을 때는 하마사키 아유미의 곡이 흘러나오기 시작할 무렵이었다.

아유미나 히카루나 여름에도 니트 모자를 쓰는 오빠들의 노랫소리에 둘러싸여 미나미 요시타카는 지금도 바닷가에서 사랑을 외치고 있을까.

올해는 꼭 확인해보고 싶다고 생각 중이다.

(2004년 8월호 〈소설 스바루〉)

소설에 참전

　내가 소설을 쓰는 사람이 될 줄은 10년 전에는 생각도 못
했다. 소설이란 어디까지나 읽는 것이었지 내가 쓰는 것이
아니다. 그렇게 생각했다.

　나는 오랫동안 카피라이터로 일했다. 문장을 쓰는 일을
하고 있었으니 소설도 척척 쓸 수 있는 거 아니야? 하고 생
각하는 분도 있겠지만 당치도 않습니다.

　카피라이터는 딱 한 줄을 위해 며칠을 고민하기도 하고 몇
십 개의 아이디어를 내기도 하고 이러쿵저러쿵 회의를 거듭
한다. 말하자면 단거리 전문. 원고용지 몇백 매의 문장을 쓰
는 일은 풀코스 마라톤을 두 시간 몇 분 만에 완주하는 것처
럼 특별한 인간이 하는 일로밖에 생각되지 않았다.

　세상에는 그런 것이 고생이 아닌 사람도 있구나. 힘들겠
지. 뭐, 나와는 관계없지만. 내게 소설이란 쭉 그런 것이었다.

만약 쓰려고 생각했다고 해도, 애초에 쓸 여유가 없었다. 내가 젊었을 무렵 광고업계는 버블경제가 터지기 직전이라 엄청나게 바빴다. 야근이 월 몇 시간인가 하는 수준이 아니라 수면시간이 일주일에 몇 시간인가 따져야 할 정도로 노동기준법과는 무관한 나날을 보냈다.

그런 내가 소설을 쓰기 시작한 것은 마흔을 눈앞에 둔 때였다.

당시는 일하던 회사를 그만두고 프리랜서가 된 지 5년차. 일단 사무실을 갖추고 있었다(다른 직원은 한 명도 없는).

일이 순조로워서 수입은 늘어났다. 게다가 시간을 자유롭게 쓸 수 있었다. 프리랜서가 되자마자 어째서인지 노동시간은 훨씬 줄어들었다. 회사원 시절과 비교하면 꿈만 같은 태평한 생활. 우선 현재 상황에는 아무런 문제도 없을 것이 분명했다.

아마도 현재 상황에 아무런 문제가 없었던 것이 문제였던 듯싶다. 딱히 폼 나게 말하려고 하는 말이 아니라 그런 생활이 오래 이어지면 질리는 것이다. 질리고 조금 무섭다.

풋풋함과는 꽤 멀어진 연령이 되어 갑자기 소설을 쓰겠다고 결심한 이유는 몇 가지 있지만 그중 하나는 여유가 무서워서였다.

일이 순조롭다고 해도 프리랜서가 불안정한 것에는 변함이 없다. 새로운 일 의뢰가 한동안 오지 않으면 태평해야 할 여유가 무서워진다.

걱정을 사서 하는 성격인 나는 일이 없어도 사무실에 나갔다. 하지만 전화는 울리지 않는다. 자, 이제 어떻게 시간을 때울까(불안을 달랠까). 그런 생각을 했을 때 눈앞에 워드프로세서가 있었던 것이다.

소설을 만만하게 본 것도 있었다. 취직한 후로는 소설을 쓰기는커녕 읽는 것도 줄었었는데, 프리랜서가 된 후부터는 책을 읽을 시간도 늘었다.

이런저런 것을 읽다보면 마음에 들지 않는 소설과도 부딪친다. 그 시절에는 내가 50미터 달리기 선수라는 것은 염두에 두지 않고 읽고 있던 소설에 잘도 꼬투리를 잡았다. '문장, 별로네.' '여기서 이 대사는 아니지.' '이 정도라면 나도 쓰겠네.'

꼬투리를 잡던 소설의 제목은 기억나지 않고, 기억난다 해도 여기에는 쓸 수 없지만, 만약 우리말로 된 문장을 400자 이상 제대로 쓰지도 못하는 인간이 이렇게 잘난 체하는 말을 지껄였다는 사실을 안다면 저자는 분명 격노할 것이다.

그렇다. 불만을 말하는 것은 간단하다. 내가 쓴 카피만 해도 며칠을 공들여 이것밖에 없다고 힘을 넣어 회의에 임해도 테이블 너머의 홍보과장인지 부장인지에게 가뿐히 거절 당한다. "엉망이네. 이거 탈락."

그때 나는 생각했다. 이대로라면 나는 앞으로 평생 타인의 소설을 읽으며 '이건 엉망이네', '나라도 쓰겠다' 하고 꼬투리만 잡으며 어중간한 글재주를 적당히 걸치는 인간이 될 것이 분명하다고. 내 성격으로 봐서 분명 그렇게 될 터였다. 어쩐지 재수 없는 녀석이다.

그렇게 되지 않기 위해서는 일단 스스로 쓸 수밖에 없다고 생각했다. 무엇보다 시간은 넘치도록 있었다.

카피라이터라는 직업을 결코 싫어하지는 않았지만, 매일 하는 일에 지쳐 있었던 것이 두 번째 이유일지도 모른다.

광고의 카피는 이런저런 사정에 농락당하고 구겨지고 쥐어짜이고 두드려 맞고 나서야 처음으로 세상에 내보내지는 말이다. 결코 자신의 말로 이야기할 수 없고, 나와 같은 이류 카피라이터의 경우 스스로 '이거다' 하고 생각했던 것이 100퍼센트 그 형태로 세상에 나올 일은 거의 없다.

소설을 쓰는 것과 카피를 쓰는 것이 전혀 다르다는 점을 서두에 육상경기에 비유했는데, 또 하나 다른 비유를 하자면, 프로레슬링과 종합격투기만큼 차이가 있는 것 같은 느낌이 든다(격투기에 관심이 없는 분은 무슨 말인지 모를 것이라 생각합니다. 뛰어넘어주세요).

카피는 프로레슬링이다. 그것도 쇼 스타일 중시. 열의를 보여서는 안 된다. 표현이 지나치게 어려워도 안 된다. 내용이 너무 살벌해도 엔지. 악의를 담거나 인간 마음속의 질척질척한 부분을 그려내는 것은 당치도 않은 일. 고객이 얼마나 기분 좋게 느낄지가 중요하기 때문에 쓰는 사람이 100퍼센트의 힘을 내버리면 반대로 쓸 만한 것이 못 된다. 카피라이터에게 요구되는 능력은 무엇을 전하고 싶은 마음이 아니라 어떻게 전할 것인가 하는 말의 기술이다.

물론 쇼 스타일 중시파의 프로레슬러도 카피라이터도 중요한 직업이고 훌륭하게 일을 해내는 사람이 많다.

하지만 그 무렵의 나는 그런 건 이제 됐어, 라는 생각이 들기 시작했다. 말과 정면승부를 하고 싶어진 것이다. 거만하게 말해보자면, '경박한 상술을 부리는 카피라이터'보다 세상에서 격이 높다고 간주되고 있는 듯한 소설가라는 사람들에게 그것이 사실인지 어떤지 이종격투기전을 신청하는 기분이었다. 한 판만 해볼 생각으로.

그런 연유로 태어나서 처음으로 소설을 쓰기 시작한 것이 서른아홉 살 때였다. 세 번째 이유는 아마도 이 나이일 것이

다. 인간, 인생의 분기점에 서면 어째서인지 초조해진다. 39
에서 40, 이전까지와 마찬가지로 한 살 더 먹는 것일 뿐인데
나는 불혹을 앞에 두고 39년분만큼 어찌할 바를 모르고 있
었다.

분명 마흔 살 생일 몇 개월 전이었다고 생각한다. 제목을
생각하는 것이 부끄러워서 적당히 'P'라고 명명한 후 우선
시작하는 문장 같은 무언가를 워드프로세서에 두드려 넣기
시작했다.

처음에는 순조로웠다. 이렇게 말해도 도입부 중에서도 제
일 앞부분, 겨우 몇 줄만. 단거리 선수의 비애다. 며칠이 지
나도 그다음이 이어지지 않는다. 역시 내게는 무리라고 생
각했다. 그러는 사이에 일이 날아 들어와 나는 스스로의 결
의를 없던 것으로 해버렸다. 하지만 지우기는 아까워서 그
플로피디스크는 업무용 플로피디스크의 산더미 중 하나에
올려뒀다.

'P'라고 쓴 플로피디스크를 다시 꺼낸 것은 그로부터 몇
개월 후. 마흔 살 생일은 지나 있었다. 나는 작전을 변경했
다. 누군가 읽어줄 사람이 있는 것도 아니고 마감이 있는 것
도 아니고 마음 가는대로 하자고 자세를 바꿔 잡고, 스토리
에 따라 1장부터 순서대로 쓰기를 포기하고 우선 머릿속에

떠오른 장면이나 대화를 따로따로 써봤다. 영화처럼 나중에 편집해 이으면 된다. 그런 생각이었다.

이것은 효과가 있었다. 지금까지 막혔던 것이 거짓말처럼 술술 써지기 시작했다(이 '나중에 편집' 방식은 지금도 내 소설을 쓰는 방식의 기본이 되어 있다. 꼼수 같지만).

일이 바빠지면 내던져두고, 여유가 있을 때마다 키보드를 톡톡 두드렸다. 그러는 사이에 400자 원고지로 100매 정도 되는 벌레 먹은 상태의 소설 비슷한 무언가가 플로피디스크에 쌓였다.

할 수 있을지도 몰라. 절반도 채우지 못했는데 완전히 완성한 기분으로 나는 그해가 저물 무렵에 응모를 결의했다. '응모 가이드'를 사서 내가 쓰고 있는 것을 받아줄 듯싶은 상을 찾았다. 가장 마감이 가까웠던 것이 3월 말 마감인 '소설 스바루 신인상'이었다.

옛날처럼 수면시간을 줄이면 충분히 맞출 수 있을 일정이었는데, 응모를 마음먹은 직후 사적인 문제가 일어났다. 아내의 병원 검사 결과에 무언가 걸리는 부분이 생긴 것이다. 종양이 만약 악성이라면 곤란해지는 종류의 병이었다. 소설을 쓰고 있을 때가 아니었다.

새해를 맞아 둘이 함께 대학병원에 정밀검사 결과를 들으러 갔다. 결과는 양성. 마음이 들뜬 나는 처음으로 아내에게 소설을 쓰고 있다는 사실을 고백하고 두 달간 가정방치를 선언했다. 마음이 들뜬 아내도 사정을 제대로 이해하지는 못한 모습이었지만 오케이해줬다.

몸 안에서 공이 울렸다. 다음 날부터 사무실에 틀어박혔다. 실제 장면은 지저분한 마흔 살 남자가 머리에 띠를 동여 매고 워드프로세서를 향해 있는 모습이었지만 내 머릿속에는 영화 〈로키〉의 테마곡이 소리 높이 울려 퍼졌다.

장편소설 응모 규정 매수는 300매 이내. 나머지 200매 정도를 쓰면 되었지만 초심자에 단거리 전문인 내게는 풀마라톤 급을 넘어, 헤엄도 치지 못하고 보조바퀴가 붙은 자전거밖에 타지 못하는 주제에 철인삼종경기에 참가하는 것과 같았다. 게다가 이런 때에 한해서 일과 관련된 전화가 시끄럽게 울린다.

과거 이야기가 되어버렸던 사무실에서 숙박하는 생활을 재개했다. 마감이 가까워진 몇 주 동안은 하루걸러 철야를 했다. 저려오는 손에 파스를 붙이고, 커피를 너무 많이 마셔서 몇 번이나 화장실에서 토했다. 바쁜 데는 익숙하다고 생각했는데 쓰는 일이 그렇게 괴로운 것은 처음이었다. 하지만 어째서인지 알차게 느껴졌다. 러너스 하이가 아닌 라이터스 하이였는지도 모른다.

지금 생각해보면 초심자의 행운이라고밖에 말할 길이 없지만 이 첫 작품으로 상을 받아 책도 출판되었다. 한 번으로 그만둘 작정이었는데 그 후 8년, 계속 쓰다보니 어느새 전업이 되었다.

소설가라는 직업에 호감을 느끼지 못했던 나는 지금도 기분은 외부인이다. 소설에 승부 따위 없지만 자신의 분야가 아닌 다른 분야에 정면승부로 도전하고 있는 기분은 변함없다. 일개 독자의 특권이므로 변함없이 다른 소설에도 불평을 하고 있다. 그래도 지금은 '이 정도는 나도 쓰겠다' 같은 생각은 하지 않는다. 어떤 소설도 쓰는 사람 한 명 한 명의 머릿속에서 칠전팔기 끝에 겨우 끌려나오는 것이다. 평가에 우열은 있다고 해도 누군가가 흉내 낼 수 있는 것이 아니라는 사실을 몸소 알게 되었기 때문이다.

나 역시 불만을 말하고 있으니까 내 소설이 독자에게 어떤 트집을 잡히더라도 달게 받아들이겠지만, 만약 '이 정도라면 나도 쓰겠다'고 말한다면 이렇게 답해주겠다. "그렇게 생각한다면 어디 한번 해봐." 쓰면서 토할걸.

(2005년 6월호 〈미스터리즈!〉)

🥔 우시아나 마을 관광안내

이번에 '소설 스바루 신인상'을 받아 첫 소설이 세상에 나오게 되었습니다. 그러니 이것도 처녀 에세이입니다. 처녀니까 부끄럽습니다. 너무 보지 마세요. 불을 꺼주세요. 이상한 도구는 쓰지 마세요.

자, 본론. 변변찮은 제 소설《오로로콩밭에서 붙잡아서ォロロ畑でつかまえて》에 대해 이야기를 하고자 합니다.《오로로콩밭에서 붙잡아서》를 이야기하자면 우선은 우시아나 마을에 대해서 이야기를 하지 않을 수 없습니다. 피해 갈 수 없는 길입니다. 그렇지, 고시엔 구장에 가기 위해서는 한신 전철을 타지 않으면 안 되는 것처럼.

우시아나 마을은 오우 산맥의 한구석에 실존하는 산골마을로 이야기는 이 마을에서 시작해 이 마을을 둘러싸고 전개됩니다. 우시아나 마을의 존재를 알지 못했다면 제가 이 소설을 쓰는 일은 없었을 테고, 만약 이 소설에 주제 같은 것이 있다고 한다면 그것은 불가사의하고 기구한 이 마을을 한 명이라도 더 많은 사람들에게 알리고 싶다는 생각 단 하나뿐입니다. 그러니 여기에서는 저의 민속학적 고찰을 약간 섞어가며 알기 쉽게 관광안내의 형식을 빌려 우시아나 마을에 대해 이야기하고자 합니다. 그러면 봉 보야주Bon voyage. 좋은 여행 하시길. 이번 안내가 당신의 풍요로운 인생의 무언가에 도움이 되기를—도움 되지 않겠지만—부디 소망합니다.

【안내 활용법】

이 안내는 《오로로콩밭에서 붙잡아서》와 함께 읽기를 추천합니다만, 물론 오로로 뭐시기 따위 읽고 싶지 않다는 분은 평범한 여행안내로 활용할 수 있는 내용으로 정리했습니다. 이 글이 책 선전이 되는 것은 저의 본의는 아닙니다. 항상 마음은 페어플레이. 그것이 제 모토입니다.

【우시아나 마을 지리·가는 길】

《오로로콩밭에서 붙잡아서》참조.

【볼만한 곳 안내】

우시아나 마을의 최대 관광 포인트로는 역시 가을 다이규산(2,238미터)의 단풍이 제일입니다. 산 전체가 불타는 듯합니다. 산불이 나더라도 아무도 눈치채지 못할 것이 분명합니다. 두 번째는 무엇인지 물어보신다면 산꼭대기에 눈이 쌓인 겨울 다이규산의 절경을 들지 않을 수 없습니다. 이 겨울산의 매력에 빠진 등산객 몇 명은 봄이 되어도 돌아오지 않을 정도입니다. 세 번째는 봄 다이규산의 경관. 네 번째는 여름의……. 다른 건 없어? 라는 불만의 목소리에는 '명물은 적을 때 비로소 명물'이라는 격언을 들려드리겠습니다. 좋은 격언이죠. 지금 만든 말이지만.

코스 플랜: 우시아나 마을 정류소→다이규산(도보 6시간)

【맛있는 음식 소개】

책 제목이기도 한 '오로로콩'을 이길 만한 것은 없다고 말씀드립니다. 누에콩과 같은 종으로 독특한 자연의 향기가 있고 살짝 쓸쓸하고 어렴풋이 달콤합니다. 조려도 괜찮고 구워도 괜찮아요.

'이보다마시'도 잊어서는 안 됩니다. 진한 쓴맛에 시골스러운 향이 떠도는 일품. 조려도 괜찮고 구워도 괜찮아요. 유일한 난점은 무엇이 원재료인지 무서워서 물어보지 못하는 부분일 듯.

【여행 선물】

우시아나 마을에서 선물로 무언가 하나 사서 돌아간다면 저는 망설이지 않고 '고제와라시'를 추천합니다. 흔히 말하는 향토 장난감입니다만, 요즘 손때 묻은 관광지의 민예품과는 비교할 수 없는 소박함과 심플함이 매력입니다. 짚으로 만든 저주인형이 삿갓을 쓴 것 같다고 하면 잘 알 수 있을지도 모르겠습니다. 인테리어로 장식해두면 방 안에 지루한 분위기를 연출해줍니다. 친해지고 싶지 않은 사람에게 보내는 선물로도 최적.

【우시아나 방언 기초지식】

우시아나 마을에는 특유의 방언이 있습니다. 《오로로콩 밭에서 붙잡아서》안에도 마을 부흥 캠페인을 떠맡은 도시의 광고업자가 언어의 장벽 때문에 몹시 고생하는 장면이 여러 번 나옵니다. 기본적인 용어는 사전에 마스터한 후에 여행을 가는 것이 무난하겠죠.

'인난겨'(아침인사)

'정슴혀'(점심인사)

'가여'(저녁인사)

'워찌?'(소설에 몇 번인가 나오는 특징적인 어휘입니다. 놀람, 기쁨 그 외에 슬픔이나 분노도 표현합니다. 영어의 '오 마이 갓'에 가깝다고 할 수 있습니다.)

'으뜨뜨뜨.'(아파요. 뜨거워요.)

'거시룹흘흘.'(곤란해. 흑흑)

'나다코'(짐승 고기의 한 종류로 추정)

'야마에포코'(버섯의 한 종류)

'헤포코 거시기'(남성 성기.《오로로콩밭에서 붙잡아서》가 여름방학 학교 지정 도서로는 절대로 선정되지 않을 최대 요인은 이런 은어를 연발하기 때문이라고 생각합니다. 실패했습니다.《오로로콩밭에서 붙잡아서》는 어린이 손이 닿지 않는 곳에 보관해주세요. 만일 읽어버렸다면 바로 토하게 한 후 의사에게 상담을.)

'타마구리 붕알'(고환)

'만구리'(×××)

그러면 마지막으로 우시아나 여행이 더욱 알찬 시간이 되도록 일상 기본 회화를 마스터해봅시다. 예문에 따라 소리 내어 말해보세요. 자, 다 함께.

-버스정류장은 어디입니까?

차부랭 어딩구말혀덩

여기까지 읽고 혹시 이것은 전부 지어낸 이야기가 아닐까, 혹은 저를 현실과 망상을 구분하지 못하는 위험한 인간이 아닐까 생각하기 시작한 거기 계신 여러분. 믿으세요. 신은 믿는 자만을 구원해줍니다. 자, 다 함께.

-오로로콩은 생으로 먹을 수 있습니까?

오로로콩 날루먹언갠허영?

-배가 아파요.

쏙이 거시룹히으뜨뜨혀.

-병원에 데려가주세요.

벵언이 델다라구코일이랭.

(반복)

(1998년 1월호 〈청춘과 독서〉)

🍅 스스로 쿨하다고 말하는 것은 쿨하지 않은 것

최근 '일본이 대단하다' '외국인이 이런 일본을 칭찬한다' 같은 내용의 텔레비전 프로그램이나 책이 늘어난 것 같다.

어쩐지 겸연쩍다. 좋은 의미가 아니다. 항문이 근질근질하다.

이건 아마도 최근 몇 년간 이웃한 한국이나 중국에서 계속해서 험담을 들어온 반동으로 그 외의 국가에서 듣기 좋은 의견을 듣고 싶다, 자신감을 되돌리고 싶다는 것이 아닐까.

그야 남에게 칭찬받으면 기쁘다. 이렇게 말하는 나도 일본이 칭찬받거나 일본인이 세계에서 활약하는 뉴스 같은 것을 보면 내 일처럼 흐뭇하게 표정이 풀리지만, 동시에 생각하는 것이다. 이건 어쩐지 꼴사납지 않은가, 라고. 그도 그럴 것이 난 아무것도 한 게 없잖아.

확실히 일본의 문화나 풍물이나 제품을 사랑해주는 외국

사람도 있겠지만 그런 것은 "흐음" 하고 아무렇지도 않은 듯 흘려듣는 것이 세련된 것 아닐까요. 그것이야말로 오랜 일본의 '겸허'나 '부끄러워할 줄 아는 문화'가 아닐까요.

'쿨 재팬 추진회의'라는 국가가 주도하는 조직이 있다고 하는데 그것도 부끄럽다. '쿨 재팬'이라는 것은 다른 사람이 해야 할 말이지 스스로 내세울 말은 아닐 텐데. 그렇잖아요, 바꿔 말하면 '멋있는 우리 추진회의'라고요.

그보다 먼저 말하고 싶다. 지금에 와서 국가가 쿨 재팬을 가로채지 말라고.

쿨 재팬이라고 하면 제일 처음 떠오르는 것이 일본의 만화나 애니메이션이다.

옛날 어른들은 "만화 같은 건 보지 마"라고 아이들을 야단쳤다. 사회양식이라는 것에 해를 끼치는 독 취급한 적도 있었다. 나를 포함한 그런 어린이들이 자라 어른이 되어 전철 안에서 만화잡지에 열중한 모습을 "한심하다", "외국에 보이기에 부끄럽다"고 양식 있다는 사람들이 비난했던 것은 그렇게 오래된 이야기가 아니다. 그런데 이제 와서 뭐란 말인가.

만화 문화에 관한 한 쿨 재팬은 그런 백안시를 견뎌내온 만화가나 애니메이터나 열렬한 지지자가 차근차근 쌓아올리고 지켜온 것이다. 국가가 훌륭하게 지원을 해온 것도 아닌데 섣불리 묘한 상태로 끼어들면 지금까지 겨우 쌓아온 평판이 오히려 떨어지지 않을까 걱정이다.

이 나라의 어디가 매력적인가는 살고 있는 본인들은 모르게 마련이다. 한 사람이 자신의 단점과 장점을 스스로는 잘 알지 못하는 것과 마찬가지로.

딱히 타인에게(타국에) 사랑받기 위해 살아가는 것은 아니지만 미움 받는 것보다는 사랑받는 편이 좋다고 한다면 폼을 재며 뽐내지 말고, 주변은 지나치게 신경 쓰지 말고, 반성해야 할 부분은 제대로 반성하고, 지극히 평범하게 있으면 된다.

자신이 얼마나 대단한지 잘났는지를 자랑하는 인간은 우선 틀림없이 다른 사람에게 호감을 얻지 못할 것이다. 의외로 자신들이 결점이라고 생각했던 것이(만화가 그랬듯이), 타인에게는 장점으로 보이는 일도 있다. 우리에게는 신통치 않게만 보이는 풍경을 열심히 촬영하는 외국인 관광객을 자주 만나지 않는가.

예를 들어 일본의 지조가 없어 보이는 부분도 그중 하나일지 모른다.

겉으로 보기에는 전통을 중요하게 여기는 국가가 되어 있는데, 사실 오래전에는 중국이나 인도에서, 근대에는 유럽이나 미국에서, 다른 문화를 집어먹으며 만들어진 것이 지금의 일본이다.

중화면을 사용하지만 중국에는 존재하지 않는 '라멘', '본고장 인도풍 비프카레', 나폴리 사람이 알면 화낼 것 같은 '스파게티 나폴리탄', 신발을 벗고 생활하는 유럽풍 집, 외국을 흉내 낸 거리에 걸린 한자가 적힌 간판, 백인도 흑인도 일본인이 연기하는 연극. 가짜 같아서 부끄럽게 느껴지는 것이 사실은 쿨한 것일지도 모른다.

종각이 있는 신사. 지방 신을 모시는 절. 새해 첫 참배를 하러 신사에 가고, 장례식은 절에서 지내고, 결혼식은 교회에서 올리는 이런 종교적인 관용이랄까 적당함도 현재 전 세계의 비참한 종교 대립에 있어서는, 해결책이라고 느긋하게 말할 상황은 아닐지 모르지만, 무언가를 멈추는 데 작은 도움이 될지도 모른다.

'쿨 재팬 추진회의'의 '재팬'은 국가를 가리키는 것으로 한 사람 한 사람을 가리키는 것은 아니다. 국책이니까 비뚤어진 말은 하지 말라는 의견도 있을 것이다.

맞는 말이다. 국가와 개인은 다르다. 일본이 칭찬받든 욕을 듣든 자신이 훌륭해진 것도 비난받는 것도 아니다.

개개인이 제대로 살아가자. 어느 나라에서 살아가든 제대로 살아가는 인간이 되자. 우선은 나 자신만이라도 남들보다 훨씬 '쿨'하다고 다른 사람들이 생각할 수 있도록 일본을 방문하는 외국 사람들에게 친절해야겠다고 생각한다.

(2016년 1월호 〈소설현대〉)

🍅 전설의 밴드

'두뇌경찰'을 아는 분이 있을까?

밴드 이름인데…… 아무도 모를 것 같다. 무엇보다 이미 30년도 전에 활동했던 록밴드다. 게다가 당시에도 제대로 앨범을 내지 않은. 아니, 내기는 했지만 첫 앨범, 두 번째 앨범 모두 발매금지가 되었던 과거가 있는 밴드다. 그 사실만 으로도 일본 음악 역사의 한구석에 이름을 남기고 있다(아마 도)고 말해도 좋다.

발매금지 이유는 과격하고 선동적인 가사에 있었다. 〈총을 잡아라〉, 〈최종명령 자폭하라〉, 〈세계혁명전쟁 선언〉. 제목만 늘어놔봐도 이런 것들뿐.

그러니 내가 두뇌경찰을 알게 된 열다섯 살 무렵, 곡을 들을 수 있는 방법은 라디오의 심야방송뿐이었다. 사이타마의 시골마을에 사는, 아무것도 모르는 콧물이나 흘리는 꼬맹이 주제에 뭐든 다 아는 척 시건방진 아이였던 나는 발매금지 곡 특집 같은 프로그램이 있으면 아침까지 라디오에 딱 달라붙어 있었다. 시건방진 친구에게서 환상의 발매금지 레코드를 빌려 카세트(!)에 녹음하기도 했다. 그래도 한번 라이브로 들어보고 싶었다. 그래서 사이타마의 코찔찔이 꼬맹이는 갔습니다. 멀고 먼 도쿄의 히비야온[히비야 공원에 있는 야외 음악당]에.

두뇌경찰은 단 두 명으로 구성된 밴드였다. 기타와 보컬을 맡은 판타와 드럼을 맡은 토시, 이상 끝, 이런 간결함. 소리에 대해서는 잘 모르는 내가 들어도 알 수 있을 정도로 결코 잘한다고는 말할 수 없었다. 하지만 좋았다. 지금까지도 기억한다. 〈웃기지 마〉, 〈안녕 세계부인〉, 〈역사에서 뛰쳐나와〉.

가사의 의미 따위 전혀 알지 못했다. 그들의 그 후를 보고 있으면 본인들마저 어디까지 깊이 생각해서 노래하는지 의문이었다. 하지만 그래도 좋았다.

노래는 애초에 그런 것일지도 모른다. 잘못된 메시지라도 테크닉이 서툴러도 누군가에게 외치고 싶어서, 무언가를 전하고 싶어서, 입술에서 튀어나와버리는 것 아닐까.

너무 아저씨 같은 말은 하고 싶지 않지만, 광고음악이나 텔레비전 드라마와 제휴해 처세가 능란한 요즘 히트송은 발매해주는 곳 없어도 계속 만들던 바보 같은 그들의 곡에 비하면 귓가에 대고 멜로디를 붙인 마케팅 기획서를 읽는 것 같은 느낌이 든다. 가끔 노래방에 가면 젊은 사람들에게 바보 취급당하지 않을 곡을 열심히 찾는 내가 말하긴 뭐하지만.

　어이, 거기 젊은이. 떠밀려 노래하지 마. 놀아나지 마.

(2001년 10월호 〈소설 스바루〉)

🍅 무척 부끄럽고 무척 그리운

'청춘'이라는 단어를 어쩐지 부끄럽게 느끼는 사람은 나뿐일까?

〈청춘과 독서〉의 편집부 사람들은 어떠신가요? "네, 청춘과 독서 편집부 직원입니다"라고 밝힐 때 잠깐 머뭇거리거나 상대에게서 눈을 돌리지는 않습니까?

나는 머뭇거리고 눈을 딴 데로 돌린다. 스스로 나서서 이두 글자를 입에 담을 일은 거의 없고, 소설 속에서도 직접적인 의미로 사용한 적은 없었다.

그렇다고 싫어하는 단어는 아니다. 타인의 문장 안에 딱 알맞게 들어가 있는 것을 읽었을 때나 기분 좋은 곡에 사용된 가사로 기습하듯 귓속에 날아 들어왔을 때는 마음속에 달콤한 소다수가 가득 찬다.

청춘이라는 단어가 부끄러운 이유는 그것이 스스로에게

부끄러운 시절이었기 때문일지도 모른다. 당시에는 멋있다고 굳게 믿었던 건방지고 유치한 말들. 자의식과잉에다 사소한 것에 주뼛주뼛했다, 자신이 하는 모든 일에.

어떤 계기로 그때를 떠올릴 때면 몸을 뒤틀며 이불 속으로 숨어들고 싶어진다. 하지만 그러면서도 그리워서 반복해서 떠올리지 않을 수 없다.

가끔 나는 조심조심 내 나이보다 훨씬 젊은 인물을 소설의 주인공으로 선택할 때가 있다. 지금까지 발표한 장편 17편의 열일곱 명 중 틴에이저가 네 명, 20대가 두 명.

여섯 명 모두 나로서는 어이어이 조금 더 잘 해봐, 하고 말을 걸고 싶어지는 녀석들인데, 저자 본인이 말하는 것도 묘한 이야기지만, 그 풋풋함이나 솔직함이 부러울 때도 있다.

어쩌면 나는 다시 돌아가지 못하는 시대를 소설 속에서 조촐하게 되돌리고 있는지도 모른다. "제대로 해봐"라는 말을 옛날의 나에게 건네는 것처럼 느껴진다.

(2008년 6월호 〈청춘과 독서〉)

🍅 네시를 보고 싶어!

네시[영국 스코틀랜드 네스호에 산다는 의문의 괴수]를 좋아한다.

점이나 유령은 믿지 않지만 나는 이 지구상의 어딘가에 공룡이 살아남아 있다고 믿고 있다.

쓰치노코[일본에 서식한다고 전해지는 몸이 짧고 두툼한 뱀 모양의 생물]나 예티[히말라야에 산다고 전해지는 거대한 설인]도 좋아한다. 요약하자면 '있을지도 모르지만 아무도 본 적이 없는 미확인 생물'이 좋은 것이다.

가끔 텔레비전에서 'ㅇㅇ호에서 수수께끼의 거대 생물을 발견?!' 운운하는 프로그램을 방송한다는 사실을 알면 더 이상 참을 수 없다. 채널을 맞추고 거기에 더해 결정적인 순간을 놓치지 않기 위해 녹화도 세팅한다.

생각해보면 만약 정말로 발견되었다면 이미 대대적인 뉴스가 되었을 것이 분명하다. 당연하게도 매번 헛수고다.

그러나 포기하지 않는다. 프로그램 마지막에 "하지만 여기에 미지의 생물이 숨어 있는 것은 누구도 부정할 수 없을 것이다" 하고 아무렇게나 내뱉는 내레이션에, 하지만 긍정할 수도 없잖아, 하고 멋없는 훼방을 놓지 않는다. 응응 있는 그대로 고개를 끄덕이고 이번에는 운이 나빴을 뿐 아직 다른 기회가 있어, 라고 나는 긍정적으로 생각한다.

그렇다, 아직 다른 기회가 있다.

콩고의 오지에는 현지 사람들이 '코끼리 몸에 뱀 머리를 가지고 있다'고 말하는 '무벤베'라는 이름의 생물이 있다.

북미의 챔플레인호에서는 네시와 닮은 공룡(정확히 말하자면 수장룡) '챔프'가 가끔 목격된다.

아마존에는 나무늘보의 선조로 몸길이가 6미터나 되는 메가테리움이 여전히 서식하고 있을 가능성이 있다.

오스트레일리아 북부의 숲에는 전체 길이가 9미터인 왕도마뱀이…….

아아, 한 번이라도 좋으니 실제로 보고 싶다. 가쓰라 우타마루[일본 유명 만담가로 "한 번이라도 좋으니 실제로 보고 싶다. ~을"은 방송에서 그가 자주 하던 유명한 대사]가 아니라도 그렇게 생각한다.

돈과 여유가 있다면 1년 정도 네스호 부근에서 쌍안경을 한 손에 들고 살아보고 싶다.

내가 어릴 적 세계에는 아직 사람이 밟지 않은 미지의 땅이 많았다. 20세기의 지구는 어디에 어떤 생물이 살고 있어도 이상하지 않은 장소였다.

하지만 지금은 인류가 가지 못할 장소는 없다. 다양한 비경이 있는 곳이라면 어디든 텔레비전 카메라와 탤런트가 들어가 촬영해 온다. 비경에 사는 사람들도 나이키 티셔츠를 입고 가운뎃손가락을 세우는 포즈를 하기도 한다. 남극대륙에 가는 호화 투어가 만들어지고, 행성탐사기가 쓸데없이 화성이나 금성에 생명체가 없다는 것을 폭로한다.

그래도 믿고 싶다.

아니 그렇기 때문에 더욱 믿고 싶다.

아득히 먼 저 너머 사람이 사는 세계 밖 신비로운 호수에 긴 목을 쳐들고 커다란 몸으로 유연하게 유영하는 신비한 생물이 있다는 것을.

(2005년 7월호 〈올 요미모노〉)

🍅 오이 다진 고기 볶음

나의 상식이 세상의 비상식, 일 수 있음을 잘 안다. 대부분의 일은 세상을 알게 되고 세상에 시달리는 사이에 궤도를 수정해가지만 의외로 눈치채지 못하는 것이 미각에 관한 부분이다.

내 고향 사이타마의 본가에서는 아침의 단골 메뉴 중 하나로 유부를 구워서 먹었는데 어릴 적에는 유부란 어느 가정에서도 그런 식으로 먹는다고 생각했었다.

그렇지 않다는 사실을 알게 된 때는 중학생 시절. 농구부의 아침연습 중 토했을 때였다.

"대체 아침에 뭘 먹은 거야?" 선배의 질문에 "구운 유부요"라고 답했더니 왜인지 야단맞았다. "그런 이상한 걸 먹으니 그렇지!"

그렇구나, 구운 유부를 아침 반찬으로 먹는 것은 이상한

가? 맛있는데.

　대학 때는 본가에서 통학했는데, 집에 놀러온 규슈 지역 출신 친구에게 보리차를 냈더니 이상한 표정이 되었다.

　"보리차에 설탕 넣었어?"

　"응." 그게 뭐?

　"보통 안 넣지 않아?"

　뭐? 보통은 넣지.

　옛날 광고 일을 하던 무렵 이런 설문조사를 한 적이 있다.

　'여러분은 달걀프라이에 무엇을 뿌립니까?'

　사실은 나는 소스를 뿌린다. 빵과 함께 먹을 때도 밥과 함께 먹을 때도 우스터소스.

　이미 충분히 세상에 시달려온 나이이기 때문에 간장을 뿌리는 사람이 더 많다는 것은 알고 있었지만, 소스를 뿌리는 사람도 적지는 않을 것이라고 생각했다. 집계 결과를 보기 전까지는.

　결과는 예상을 훨씬 뛰어넘는 참패.

　간장파가 전체의 3분의 2고, 소스파는 '소금', '케첩'과 근소한 차이로 16퍼센트대.

　어엇, 다들 달걀프라이에 소스 안 뿌려? 맛있는데.

뭐, 반대로 말하자면 소수이기는 하지만 '달걀프라이에 소스를 뿌리는 사람'도 존재한다는 것이다. 구운 유부는 요즘은 이자카야 메뉴로 눈에 띌 때도 있고, 보리차에 설탕을 넣었던 것은 시대나 지역의 영향도 있었기 때문이라고 생각한다(이웃 친구 집에서도 분명 설탕을 넣었다). 지금 우리 집에서는 물론 넣은 적이 없고, 사이타마의 본가에서도 꽤 오래전부터 설탕을 넣지 않고 있다.

그런데 우리 본가 이외에 다른 곳에서는 지금까지도 한 번도 본 적 없는 메뉴가 한 가지 있다.

오이 다진 고기 볶음이다. 이것도 어릴 적 자주 먹는 메뉴였다. 도시락에도 들어 있었다.

만드는 법은 간단하다. 기본적으로는 오이와 다진 고기를 간장으로 볶기만 하면 된다. 먹는 법에는 요령이 필요하다. 반찬으로 먹기보다는 밥 위에 잔뜩 뿌려서 먹는다.

이게 얼마나 맛있는지 모른다.

이 메뉴는 지금 우리 집에서도 재현해 가끔 식탁에 오른다. 아내는 지금도 '어쩐지 먹기 두렵고 수상한 음식'이라고 생각하고 있는 것 같지만, 아이들에게도 평판은 좋다.

대체 어디의 무슨 요리일까? 한 번 어머니에게 여쭤본 적이 있다.

"그거 있잖아. 무슨 요리야?"

어머니는 고개를 갸웃거렸다. 스스로 생각해낸 건 아니고, 누군가가 가르쳐준 것 같다고 하셨다.

"누가?"

"글쎄?"

글쎄라니. 역시 어쩐지 먹기 두렵고 수상한 음식이다.

【오이 다진 고기 볶음(4인분)】

① 오이 2개를 어슷하게 길게 채 썬다(중화냉면에 올라가 있는 크기 정도).

② 다진 고기(소고기나 돼지고기를 섞어서 간 고기도 상관없다) 200그램을 적당량의 간장, 아주 적은 양의 맛술, 미림, 설탕과 함께 볶는다.

③ 오이를 넣어 흐물흐물해지면 완성. 뜨거운 밥 위에 올려서 드세요.

(2015년 1월호 〈소설현대〉)

🍅 간접광고 방송의 범람

원고를 다 쓴 후에 홀짝홀짝 술을 마시면서 축 늘어져서 심야 방송을 보는 것을 좋아하는데, 최근 묘하게 마음에 걸리는 것이 있어서 홀짝거리거나 축 늘어져 텔레비전을 보는 것이 마음이 편하지 않을 때가 있다.

간접광고 방송이다. 너무 많지 않은가. 유명 패밀리레스토랑 체인 ○○의 인기메뉴 베스트10을 맞히는 문제가 나온다거나, 주목받는 기업 △△ 비밀 대공개 같은 프로그램. 아무리 생각해도 ○○이나 △△은 프로그램의 드러나지 않는 스폰서, 혹은 협력기업이다. 제작비의 일부를 부담(혹은 무언가를 무상제공)하고 있는 것이 틀림없다.

이대로 괜찮은가? 하는 생각이 든다. 함께 텔레비전을 보는 우리 집 아이들이 "아, 그게 1위야? 내일 먹으러 가자" 같은 말을 나누고 있으면 더욱더.

나는 애초에 광고 일을 하던 인간이라 말하자면 그 일의 한쪽에 가담했었기 때문에 큰 소리는 내지 못하지만, 그래도 이렇게까지 하나 싶어서 홀짝홀짝 술을 마시던 손을 멈추게 된다.

비판을 할 수가 없지 않은가. 맛이 없어도 맛있다고 할 수밖에. 비판하는 것이 미디어의 일이 아닌가. 패밀리레스토랑의 요리가 맛있는지 맛이 없는지도 정보라면 정보일 텐데.

물론 프로그램과의 제휴는 옛날부터 있었다. 프로레슬링 중계에서 시합 중간에 갑자기 링 위(피가 잔뜩 묻은!)를 청소기로 밀기 시작하며 아나운서가 "지금 미쓰비시의 바람신으로 청소하고 있습니다" 같은 실황을 넣는다던가, 형사 드라마에서 범인이 타는 차만 스폰서 자동차회사 차가 아닌 낡은 차를 사용하거나. 하지만 우스울 정도로 알기 쉬워서 시청자도 충분히 이해했을 것이다.

그렇잖아, 만약 이런 일을 소설에서 한다면 어떻게 될까?

"그는 은색 컨버터블을 타고 쇼난 해안으로 향했다."

이런 묘사에 출판사에서 지시가 내려오는 것이다. '자동차는 이 잡지에 광고를 내는 회사의 신차로 해주세요. 그렇지 않으면 게재할 수 없습니다.'

그래서 눈물을 머금고 다시 쓴다.

"그는 토요타의 프리우스를 타고 쇼난 해안으로 향했다."

그래도 받아들여지지 않는다. '아, 저연비라는 것도 제대로 써주세요. 해안은 거래은행 계열사도 등장하게 해서 구주쿠리하마로 부탁드립니다.'

결국 이렇게 된다.

"그는 저연비 넘버원인 토요타 프리우스를 타고 이와시사키 프린세스 호텔(1박 8,600엔~)이 세워진 구주쿠리하마를 향했다."

내가 광고 일에서 배운 것은 스폰서가 붙은 표현은 무엇을 소리 높여 강조해도 마음 깊은 곳에서 나오는 메시지는 아니라는 것이다.

누구에게 불만을 말하고 싶은 건지 스스로도 잘 모르겠지만, 이런 것이 언젠가는 자신의 목을 죌 것이라고 생각한다.

뭐 그런 생각을 장황하게 펼쳐놓고 있으면 아이들이 '거 참 귀찮은 아저씨네'라는 듯 얼굴을 찌푸린다.

"간접광고잖아. 그런 것쯤 알고 본다고."

뭐, 그래? 너네 어쩌 어른 다 됐구나. 근데 그대로 괜찮아?

"그러면 안 보면 되잖아."

그거야, 뭐, 그렇긴 하지만.

(2010년 3월 5일호 〈주간 포스트〉)

🌑 그날로 타임슬립

1969년 7월 21일.

예전에 포르노그래피티의 메이저 데뷔곡 〈아폴로〉를 들었을 때 나는 '아, 나도 나이를 먹었구나'라고 절실히 느꼈다. 어쨌든 가사가 이렇다.

우리가 태어나기 훨씬훨씬 전에 이미 아폴로 11호가 달에 착륙했다는데

미안하네, 훨씬훨씬 전이라. 나는 아폴로 11호가 인류 역사상 처음으로 달 표면 착륙에 성공하기 훨씬훨씬 전에 태어났다.

1969년. 나는 중학교 1학년이었다. 안테나 고장을 방송사고라고 생각하며 놀라울 정도로 선명하지 않은 우주에서 보

내온 영상을 그저 바라봤던 기억이 있다. 한밤중에도 이른 아침에도 낮에도. 어째서 중1의 신분으로 그런 일이 가능했을까. 정확한 날짜를 기억하지 못해서 이번에 이 글을 쓰기 위해 찾아보고 수긍했다. 일본 시간으로 7월 21일. 때마침 여름방학이 시작되었던 것이다.

인류가 아직 과학의 진보가 우리에게 빛나는 미래를 만들어줄 것이라고 마음에 부푼 기대감을 가지고 있던 시대다. 여름방학을 이제 막 맞이한 중학생처럼.

이 무렵에 나온 청소년을 타깃으로 한 과학특집에 따르면 21세기에는 대기권 밖을 로켓이 오가며 달이나 화성에 차례차례 도시가 건설될 예정이었다. 나는 장래에 내가 지구 이외의 장소에 살게 되었을 때 상상도에 그려진 거주지를 둘러싼 유리 돔(당시에는 유리 이외의 소재는 생각하지 못했다)이 깨지면 어떻게 될까 진심으로 걱정했다.

말도 안 되는 기우였다. 21세기는 한때 어린이들이 꿈꾸던 미래와는 꽤 다르다. 행성 간 연락선도 없고 인류가 화성으로 이주하지도 않았다. 그 대신 어느 과학특집에서도 예측하지 못했던 인터넷이나 바이오테크놀로지가 발달했다. 전화기를 주머니에 넣고 다닐 수 있고 그걸로 사진을 찍거나 문자를 보내거나 한다니, 40년 전에는 달 표면 기지보다

도 믿을 수 없는 일이었을 것이다. 지구온난화도 해면의 상
승도 산성비도 오존층 파괴도.

지구온난화 허구설도 있지만, 인간이 지구에 좋지 않은
일을 하고 있는 것은 사실이다. 최근 몇십 년 동안 인간은
과학이 모든 것을 해결하는 마법이 아닌 양날의 검이라는
사실을 알게 되었다. 그런데도 자신들 쪽으로 향한 칼날을
보고도 못 본 척하고 있는 것 같다. 남의 일이라고 말할 수
없다. 에어컨이나 인터넷이 없는 생활을 생각할 수 없게 된
나 역시도 그렇다.

달 표면 기지나 화성 이주를 이야기할 때가 아니라, 지금
자신의 발밑을 어떻게든 해야 한다. 냉소는 그만두고 조금
씩이라도.

(2008년 12월호 〈소설 스바루〉)

🍅 운동회치고 대단한 녀석

도쿄올림픽을 유치했다는 뉴스가 들려오자 생각한다.

그거 또 할 생각이구나. 불과 얼마 전에 했잖아, 하고.

지난 도쿄올림픽 이후로 벌써 반세기 가까이 지났으니 개최지에 입후보해도 딱히 잘못된 것은 아니겠지만 이쪽은 리얼타임으로 기억하고 있다보니 그렇게 옛날이라는 생각이 들지 않는다. 아니, 자신을 그렇게 옛날 사람이라고 인정하고 싶지 않은 것일지도 모른다.

1964년의 도쿄올림픽은 철이 들고 처음 본 올림픽이었다. 개회식 모습을 기억한다. 항공자위대의 블루 임펄스가 하늘에 그린 오륜 마크도. 흑백텔레비전이었기 때문에 어느 원이 무슨 색인지 전혀 몰랐지만.

이렇게 말하지만 초등학교 2학년이었던 나는 경기에 대한 기억은 전혀 없다. 낮에는 학교에 갔고 방과 후에는 아마도 놀러 나갔을 테고, 옛날 아이였으니까 밤에는 이른 시간에 잠들었을 것이다.

기억하는 건 마라톤 정도다. 맨발로 달린 아베베 비킬라 선수가 금메달. 쓰부라야 고키치 선수가 2위로 국립경기장에 들어왔지만 마지막에 영국의 바질 히틀리 선수(어째서인지 이름까지 기억하고 있다)에게 추월당해 동메달이 되었다. 그때 초등학교 2학년의 푸딩 같은 두뇌로 느낀 올림픽의 첫 번째 인상은 어른들이 어른들에게 필사적으로 소리 높여 응원을 보내는, 운동회치고 대단한 녀석이었다.

그런 연유로 올해도 찾아옵니다. 운동회의 대단한 녀석이.

지금은 올림픽은 꼭 챙겨 본다. 때에 따라서는 심야나 이른 아침에도 눈을 게슴츠레 뜨고 본다. 일본 선수가 활약할 것 같은 경기만.

좋아, 가자, 이겨라, 빠져나와. 참가하는 것에 의의? 그런 문제가 아니야, 라고.

이런 건 어떻게 보일까.

50대 중반 아저씨의 쌀겨로 만든 된장 같은 두뇌라도 가끔 정신을 차리고 생각하는 것이다. 자신은 1미터도 뛰지 않고, 헤엄치지 않고, 고생하지 않고, 해머나 창이 아닌 맥주잔을 한 손에 든 채 국가의 위신이니 일본의 자긍심이라는 것을 자식 또래밖에 안 되는 선수들 어깨에 지우다니 불쌍하다고. 이기는 사람은 선수이지 우리가 아니다. 경기에 져서 가장 분한 사람은 텔레비전을 끄고 '이제 뭘 할까'로 그만인 우리가 아닌 것이다. 쓰부라야 선수도(국가의 기대가 원인인지 어떤지는 모르겠지만) 자살에 이르고 말았으니.

우리가 낸 세금으로 개최하는 만큼 '승패에 관계없이 즐기고 와라' 같은 발언은 언어도단이라는 의견을 가끔 보는데 그 세금에 당신이 낸 금액은 대체 얼마?

런던올림픽이야말로 '가능하면 일본 선수가 잘해주면 좋겠다' 정도의 여유로 즐기고 싶다, 다른 국가의 선수에게 '거기서 넘어져라' 하는 마음이 들지 않는 냉정함으로 보고 싶다, 고 일단 생각은 한다. 이성적인 부분으로는. 후후, 그래도 이왕이면 가장 좋은 색 메달을 보고 싶다.

어느 나라 선수가 이겨도 즐거운 것이 육상 경기가 아닐까. 이때야말로 정말로 대단한 운동회. 텔레비전 앞에 돗자리를 깔고 유부초밥과 삶은 달걀을 먹으며 관전해보고 싶다는 생각이 들곤 한다.

(2012년 7월호 〈J-novel〉)

'결혼'이라고 쓰고
'만담 콤비'라고 읽는다

    결혼을 주제로 무언가를 써달라는 의뢰를 받고 문득 깨달았는데 우리 부부는 내년이면 은혼식이다.

    25년이라는 세월이 지났는데도 지금도 결혼이란 무엇인가 묻는다면 괜찮은 답을 바로는 찾지 못한다.

    하지만 하나만은 확실히 말할 수 있다. 만약 아내와 결혼하지 않았다면 내 인생은 꽤 달랐으리라는 것. 그다지 좋은 방향이 아닌 쪽으로. 다른 사람과 결혼했을 경우도 마찬가지다.

    배배 꼬인 성격인 나와는 달리 아내는 꼬인 부분이 없다. 기본적으로는 덜렁이에 사람이나 어떤 일을 의심하지 않는 성격이다. 천연 보케[일본 만담 콤비는 엉뚱하고 우스꽝스러운 보케와 그 말에 일침을 날리는 쏫코미로 이루어진다]라고 말할 수도 있겠다.

    아이 둘이 아직 어린데다 버블이 붕괴되기 시작한 시기에 회사를 그만두고 프리랜서 카피라이터가 되겠다고 내가 선언했을 때도 가볍게 찬성해줬다. "분명히 잘될 거야"라는 아무 근거도 없는 말을 믿고.

그 몇 년 후, 독립해 일이 궤도에 오르고 시간을 자유롭게 쓸 수 있게 된 내가 이번에는 갑자기 "소설을 쓴다, 두 달 동안 가정을 방치하고 작업실에서 지내겠다"고 말했을 때도 "오옷"이라며 흥미를 보여줬다.

그 어느 단계에서 '바보 같은 말 하지 마', '생활은 어쩔 건데?' 하고 냉정하게 따졌다면 나는 소설가는 되지 않았을 것이다. 천연 보케가 날 구했다.

하지만 평소 생활 속에서는 어느 쪽인가 하면 내가 보케고 아내가 쓰코미다. 내가 어떤 일을 비딱하게 보거나 세상을 우습게보고 행동하려고 하면 야단맞는다. 덕분에 아이들은 제대로 된 성격으로 자랐다. 나의 비뚤어진 성격도 조금이지만 교정되었다.

굳이 답하자면 결혼이란 콤비를 결성하는 것이 아닐까. 우리 부부는 순간순간 한쪽이 쓰코미, 다른 한쪽이 보케로 잘해내고 있다는 기분이 든다. 그리고 콤비를 해체하지 않고 오랫동안 이어올 수 있었던 것은 추구하는 개그……가 아니라 추구하는 생활방식이 돈이나 물건이 아니라 즐겁게 살아가자는 것, 기본적인 부분이 일치했기 때문이라고 생각한다.

종합적으로 말하자면 내가 다소 쓰코미형, 아내의 보케율이 높다. 오랫동안 그렇게 믿어왔는데 아이들이 성장하면서 부부가 함께 아이들에게 배우는 일이 늘어났다.

그래서 깨달았다. 사실은 두 사람 모두 보케 담당이었다는 것을.

(2008년 6월호 〈소설 스바루〉)

🍅 남자의 육아

아들, 이어서 딸. 우리 집에는 버블이 시작될 무렵 2년 동안 연이어 아이가 태어났다. 당시 나는 호경기에 떠오른 광고업계에 몸담고 있어서 매일 끝없이 바빴다. 일주일에 한두 번은 회사에서 철야. 토요일 일요일도 대체로 휴일 출근.

기저귀를 갈아주거나 목욕을 시키는 등 나름대로 육아에 참여했다고 생각하지만 무엇보다 함께하는 시간이 짧다보니 두 아이 모두 처음 웃은 순간도, 뭔가를 잡고 일어선 때도, 걷기 시작한 날도, 처음 말을 한 장면도 거의 실시간으로는 목격하지 못했다.

아까운 시간을 보냈다고 생각한다. 아들에게 냉장고에 시원하게 넣어뒀던 맥주를 빼앗기거나 딸이 나와 많이 닮은 얼굴에 화장을 하는 나이가 되었을 때 비로소 절실히.

아이가 가장 사랑스러운, 부모를 몸과 마음으로 신뢰하

며 말대답도 않고 아재개그에 코웃음 치지도 않는 그 멋진 나날은 이제 두 번 다시 돌아오지 않는다. 일 따위 내던지고 아기 침대 앞에 하루 종일 붙어 있었다면 좋았을 텐데.

남자의 육아라는 말은 자주 듣는데 여자의 육아라는 말은 거의 입에 올리지 않는다. '겨울의 산타클로스'라고 일일이 언급할 필요가 없는 것과 마찬가지로 너무나 당연하게 여기기 때문일 것이다. 남자의 육아는 아직도 여전히 '한여름의 산타클로스'. 이 말 자체가 참여가 부족하다는 것을 뒷받침한다.

나 자신이 어떠했는지는 선반, 그것도 신을 모셔놓는 신단 정도로 높은 선반 위에 올려두고, 굳이 말하자면 남자는 육아에 더욱 적극적으로 참여해야 한다고 생각한다. 참여하지 않는 것은 무척 아깝다.

"하지만 일도 있고"라고 말씀하시는 그쪽에 계신 분. 아이의 성장은 빠릅니다. 눈 깜짝할 사이. 우리 집 애들도 불과 얼마 전까지 공갈젖꼭지를 물고 있었는데 문득 정신 차려보니 어느새 멘톨 담배를 물고 있다.

확실히 육아에는 돈이 든다. 특히 아이가 어릴 때는 엄마가 일을 할 수 없든가 할 수 있는 일이 제한되기 때문에, 모유도 나오지 않고 모성본능도 발휘할 수 없다고 여겨지는 남자가 밖에 나가 돈을 벌어오는 것이 일반적으로 생각하는 그림일지도 모른다.

하지만 먹이를 나르기만 하는 건 새라도 할 수 있다. 육아를 방치하고 놀러 나가는 것은 수컷 사자보다 못하다. 자녀가 영유아 시기에는 일은 적당히, 육아는 확실히 하는 정도가 적절하다.

풍부하다고 할 수 없는 나의 경험으로 말해봐도 육아는 즐겁고 시사하는 바가 많다. 기저귀 안에서 이 세상의 진리를 깨닫기도 하고, 아이의 소박하기 그지없는 한마디에 인간의 도를 배우는 일도 있다. 일을 적당히 해도 괜찮다. 의외로 직장보다 아이들 부모 모임 안에 비즈니스 기회가 굴러다니는 일도 있으니까.

버블 경제가 무너질 무렵 나는 회사를 그만두고 프리랜서 카피라이터로 독립했다. 덕분에 시간을 조금은 자유롭게 사용할 수 있게 되었다.

나는 이전까지의 빚을 갚겠다는 생각으로 매일 밤 잠자기 전에 아이들에게 이야기를 들려주기로 했다. 처음에는 내가 알고 있는 동화나 소설이었지만, 금방 소재가 떨어져서 즉흥으로 이야기를 창작해 들려주기 시작했다. 거의 매일. 작은아이가 유치원에 들어갈 무렵부터 큰아이가 초등학교를 졸업해 아이들 방을 따로 해주기 전까지니까 6~7년 동안.

물론 아이를 상대로 한 실없는 이야기지만(똥 이야기는 아주 잘 먹힌다), 아이들이 좋아하면 나도 기뻤다. 차츰 '이 부분에서 웃음 한 방을 터트려야지', '좀 더 으스스한 긴장감을 넣어볼까' 등 이런저런 궁리를 해서 아이들의 성장에 맞춰 '호러 요소도 넣어볼까'라든가 '우정을 테마로' 하며 스토리도 변화시켰다.

이것을 시작했을 무렵 나는 아직 소설을 쓸 것이라고는 눈곱만큼도 생각하지 않았지만 지금 생각해보면 이 7년이 스토리텔링이라는 것에 눈을 뜨고 픽션이 무엇인지를 아는 계기가 되었다는 느낌이 든다.

그렇다, 육아는 자신을 키우는 일이기도 하다는 생각을 해본다.

(2008년 3월호 〈Voice〉)

🍅 돌다리를 두드리지 마라

얼마 전에 대입 시험을 보러 간 딸의 트레이닝복을 시험 감독이 벗겼다.

믿을 수 없었다. 이야기를 듣고 화가 났다.

이렇게 말했지만 사실 성추행을 당한 것은 아니다. 문제는 딸이 입고 있던 영문자가 들어간 트레이닝복이었다.

'영어 로고 등이 들어간 것은 시험에 영향을 줄 염려가 있다'는 이유였다. 사전에 확실하게 통지가 있었던 것도 아니고 딸 이외에도 다수의 수험생이 같은 상황을 겪었다고 한다.

지도가 디자인으로 들어간 옷도 안 된단다. 2교시가 지리 역사였기 때문이라고 한다.

어처구니없지 않은가.

그렇다면 손목시계의 로고나 표시는? 연필이나 지우개나 샤프펜슬은? 안경다리에 브랜드명이 들어가 있는 것도 있다고. 그보다 중요한 다른 일도 많지 않은가.

똥구멍이 너무 작잖아! 아아 이럼 안 되지. 나도 모르게 흥분해서 품위가 없는 말을 써버렸다. 고쳐 말하겠습니다.

항문의 직경이 너무 좁으시군요!

둘째 날은 국어였기 때문에 나는 딸에게 "철저하게 항의하는 거야. 한자가 적힌 트레이닝복을 입고 가"라고 말했지만 안타깝게도 우리 집에 있는 한자가 적힌 옷은 우민추[한자로 '海人'라고 쓰고 '우민추うみんちゅ'라고 읽는데 오키나와 방언으로 해녀나 어부 등 바다에서 일하는 사람을 부르는 말이다. 우민추라는 회사에서 오키나와 기념품으로 티셔츠 등 다양한 제품을 만들어 판매하고 있다.] 티셔츠밖에 없었다.

이런 융통성 없고 무사안일주의인 공무원 근성에는 늘 화가 난다. 보신제일, 전례제일, 규칙제일. 항상 안전한 높이를 찾아 거기서 아래를 향해 호령을 내리려는 겁쟁이들이 지금 여기저기에서 폐해를 일으키고 있는 것 같다.

나 역시 소심해서 특별히 위험하지 않은 다리를 건너며 살아가고는 있지만 그래도 말하고 싶다. 조금은 위험을 감수해보라고.

돌다리를 두드리지 마라.

큰 나무 그늘에 가까이 가지 마라.

가끔은 승부를 걸어보면 어떤가!

이런 독설 아저씨가 되어 있는 사이, 그 직후 대입 시험에 국어 교과서와 똑같은 내용이 출제되었다는 뉴스가 흘러나왔다. 문제의 일부가 인터넷에 유출되었을 가능성이 있다는 이야기도.

정말 어처구니없다.

분명 너무 두드려서 돌다리를 스스로 부숴버린 것이다.

(2005년 3월호 〈J-novel〉)

🍅 우리 집의 고교야구 꿈나무

내가 어릴 적 남자아이들의 스포츠라고 하면 야구였다.

축구공은 아무도 가지고 있지 않았는데 어째서인지 모두가 글러브와 야구공은 가지고 있었고, 두 명이라면 캐치볼, 세 명이 모이면 두 명이 투수와 포수를 맡고 다른 한 명이 타자를 맡았다. 네댓 명 모이면 시합이 열렸다.

당시에는 공터가 널려 있었기 때문에 장소는 문제되지 않았다. 공터의 풀을 밟아 평평하게 고르고 박스로 베이스 두 개를 놓는다(말하자면 삼각베이스볼이라고 부르는 경기다). 한 팀에 겨우 두 명씩이라도, 총 인원이 홀수라도 상관없었다. 포수는 담장. 혹은 한 명이 양팀의 포수를 겸임했다.

모두가 야구소년. J리그[1993년에 시작된 일본 프로축구 리그]가 만들어지기 25년도 더 전, 주된 프로스포츠가 야구와 스모 정도밖에 없던 무렵의 이야기다.

거의 스포츠=야구였기 때문에 야구를 잘하는 아이=스포츠 엘리트. 중학생이 되어 야구부에 들어가는 사람은 그런 일부 스포츠 엘리트들이었다. 그 외에 대부분은 어쩔 수 없이(?) 새로운 가능성을 찾아 다른 부서활동을 골랐다. 나는 규칙도 제대로 모르는 농구부에 들어갔다.

중학교에서조차 그랬으니 고교야구 선수는 말하자면 슈퍼 스포츠 엘리트다. 중학교 야구부의 에이스나 4번 타자가 겨우 들어갈 수 있는 곳이 고교 야구부이고, 거기에 있는 그들은 일반 야구 꼬맹이와는 차원이 다른 구름 위의 존재. 그 무렵의 나는 그렇게 생각했다. 아니, 나뿐만이 아니었다. 지금 생각해보면 당시에도 실력이 부족한 선수가 모이는 고교 야구부도 있었을 텐데 그런 것과는 상관없이 동급생들의 공통인식이었던 것도 같다.

아마도 내가 다니던 중학교 근처에 있는 고등학교가 고시엔에 몇 번이나 출장한 적이 있고 프로야구 선수도 다수 배출한 특출한 학교였기 때문일 것이다. 고등학교 그라운드의 대부분을 자신의 세상인 듯 점거하고 있는 고교야구 선수들은 담장 사이로 살짝 엿보는 중학생의 눈에는 엄청나게 커 보였다.

중학교 동급생 중에 고시엔에 출장한 친구가 딱 한 명 있다. 중학교에서는 야구부 에이스였다. 벤치에는 들어갈 수 있었지만 경기는 뛰지 못하고 결국 감독의 지시를 전달하러 잠시 등장한 장면만 텔레비전에 비쳤을 뿐이었지만 그래도 동창회에서는 이야깃거리가 되었다.

그런 시대에 태어났으니 아이가 태어나면 야구를 가르쳐주는 것이 아버지로서 해야 할 일이라고 나는 굳게 생각했다. 그래서 아들에게도 딸에게도 가르쳤다.

아장아장 걸을 무렵부터 비닐 재질의 볼과 글러브로 캐치볼을 했다. 말도 제대로 못할 때 규칙을 알려주고 작은 절굿공이 같은 방망이로 배팅을 연습시켰다. 우와, 그리운 추억이군. 아이들의 어린 눈동자는 아빠에 대한 존경으로 빛났다(고 생각한다). 아빠가 던지는 공은 세계에서 가장 빠르고 방망이를 휘두르면 공이 세계의 끝까지 날아간다. 뭐 금세 진실을 알게 되었지만.

그런데 중학교에 입학한 두 아이가 선택한 부서는 둘 다 농구. 아마도 만화 〈슬램덩크〉의 영향일 것이다. 더 이상 스포츠=야구(여자아이는 배구나 테니스)라는 시대는 지난 것이다.

그런데.

서론이 너무 길어져버렸는데, 사실은 지금부터가 본론입

니다.

그런데. 아들이 고등학교에 입학하자 무슨 생각인지 갑자기 야구부에 들어간 것이다. 애초에 보는 스포츠로는 야구를 좋아했지만(이것은 나의 책임이라고 생각한다. 아기 때부터 타이거즈의 핫피法被[일본 전통의상으로 축제 등의 행사 때 입는데, 등이나 옷깃에 이름이나 상호 등을 염색해 넣는다]나 유니폼을 입혀 텔레비전 앞이나 야구장에서 함께 응원했으므로 나보다 더 열렬한 한신 팬이 되었다), 본격적으로 선수로 참가했던 것은 아니다.

괜찮은 걸까. 고등학교부터 시작한다니. '고교야구 선수=구름 위의 존재'라는 어린 시절 발상에서 빠져나오지 못한 나는 '통할 리가 없어, 금방 그만두지 않을까' 걱정했다. 하지만 괜한 참견이었던 모양이다.

아들은 그만두지 않았다. 그만두기는커녕 즐거워 보였다. 우리 시대의 운동부 같은 기합이나 선배의 괴롭힘 등이 없는 야구부인 듯했다(나는 중학교 농구부에서 상급생의 폭력에 완전히 넌더리가 나서 고등학교에서는 부서활동을 하지 않았다).

스스로 연습하겠다고 해서 자주 도와줬다.

딱딱한 공으로 하는 캐치볼은 글러브를 껴도 손이 아프다. 어설프게 포수 역할을 나서서 맡았다가 원바운드 볼에 사타구니를 맞아 아파서 기절할 뻔하곤 했다. 내가 던지는

볼은 흐늘흐늘거렸지만 아들이 던진 볼을 받으면 글러브가
팡 하고 기분 좋은 소리를 냈다. 배팅센터에 함께 가는 일도
있었는데 타구 소리가 한심할 정도로 달랐다. 아들을 향해
나도 모르게 존경의 눈빛을 보냈다.

옛날과는 완전히 반대다.

하천 부지에 있는, 구에서 운영하는 운동장에서 연습하다
가 몇 번이나 관리인에게 혼났다. 그래서 다음에는 밤에 집
근처 어린이 공원에서 배드민턴의 셔틀콕을 이용해서 배팅
연습을 했더니 공원 옆에 사는 아저씨에게 "대체 지금이 몇
시라고 생각하는 거야?" 하는 호통을 맞았다.

그래도 즐거웠다. 아들이 연습상대가 없을 때 어쩔 수 없
이 나를 지명한다는 사실은 알고 있었지만, 한때는 내가 치
치로[야구 선수 이치로의 아버지를 부르는 별명]인 양, 능력 있는 부자
가 된 것 같은 꿈을 꿨다.

3학년 여름 아들은 드디어 주전 자리를 차지했다. 도립고
교의 야구부라서 두발이 자유로웠지만 지역 예선을 앞둔 어
느 날 기합을 넣기 위해서인지 갑자기 머리를 짧게 밀었다.

나는 고등학교 야구 선수의 까까머리 모습을 그다지 좋아
하지 않는다. 군대도 아니고 축구 선수처럼 자유롭게 해주
면 될 텐데, 하고 늘 생각하는 인간이었지만 이때만큼은 다

른 생각이 들었다.

흠. 꽤나 시원시원해 보이는군. 아들 바보다.

물론 시합을 보러 갔다.

2루수인 아들이 있는 쪽으로 타구가 날아올 때마다 마음을 졸였다. 초반부터 열세였지만 큰 차가 벌어질 정도가 아니라 아들이 타석에 섰을 때 나는 몽상했다. 저 녀석이 기사회생의 일타를 날려 시합을 뒤집는 장면을.

시합 중반. 아직 2타석째였다고 기억한다. 아들은 자신이 친 공에 얼굴을 맞았다. 코를 감싼 양손 사이로 피가 흘러 떨어지는 것이 관중석에서도 보였다.

아들은 퇴장해 그대로 타석에 돌아오지 못하고 대타를 내보냈다. 나중에 코뼈 골절이라는 진단을 받았다.

허겁지겁 벤치 뒤로 달려가서 보니 아들은 누운 채로 분해서 눈물을 흘리고 있었다. 구급차로 옮기려고 할 때 유니폼의 주머니에서 무언가를 꺼내 내게 건넸다.

꾸깃꾸깃해진 종잇조각이었다.

시합이 가까워진 어느 날 무언가 격려의 말을 써달라고 아들이 부탁하기에 무심하게 써서 건넸던 것을 몸에 지니고 있었던 것이다. 땀에 젖지 않도록 랩으로 말아서.

뭐라고 썼었는지 정확히 기억나지 않고, 기억한다고 해도 여기에는 부끄러워서 쓸 수 없을 법한 말이었을 거라고 생각한다.

나도 울었다. 장례식이나 영화관 이외의 장소에서 다른 사람 앞에서 눈물을 흘린 적은 아마도 그때밖에 없었으리라.

결국 팀은 시합에 지고 아들의 여름은 끝났다. 하지만 고교야구 선수가 구름 위의 존재라고 생각하는 옛날의 야구 꼬맹이였던 나는 겨우 한 경기라도 고교야구 선수로 시합에 나간 아들이 부러웠다. 나는 아무것도 하지 않았는데도 자랑스러웠다. 지금도 가끔 내 일처럼 다른 사람들에게 콧대를 높여 자랑하곤 한다.

콧대를 높인 것으로 말하자면 코뼈 골절을 치료한 의사가 어디를 어떻게 했는지 그 이후 아들의 코는 5밀리미터 정도 높아졌다.

(2017년 2월호 〈J-novel〉)

🍅 바람에 실려:
밥 딜런 일본 투어 2010 관람기

오후 5시 45분 제프 도쿄

2010년 3월 23일. 나는 오다이바에 있는 제프 도쿄 콘서트홀을 둘러싼 줄의 제일 뒤쪽에 가담했다. 밥 딜런의 9년만의 일본 공연, 라이브하우스 한정 투어를 보기 위해서다. 봄바람에 이끌려서라고 말하고 싶지만 이미 벚꽃 개화 선언이 나왔는데도 바람은 차갑다.

미리 말씀드려두자면 나는 특별히 밥 딜런의 팬은 아니다. 그의 라이브를 보고 원고지 10매 분량을 쓰라는 〈소설 스바루〉의 의뢰도, 저 녀석이라면 연대적으로 맞지 않을까 정도로 나를 고르지 않았을까.

분명 내 세대는 좋아하고 말고는 상관없이 밥 딜런에 대해서 알고 있고, 당시의 곡은 자연스럽게 들은 적이 있다.

비틀스와는 다른 의미로 특별한 존재다. 그래서 나도 "아, 밥 딜런. 물론 알지요"라고 가볍게 의뢰를 받아들였지만. 괜찮을까. 그나저나 춥네. 비도 내릴 것 같다.

오후 6시 입장 시작

처음으로 들어가보는 제프 도쿄는 2층석 이외는 스탠딩석. 거리의 라이브하우스를 깔끔하게 꾸며 잘 가려놓은 듯한 설비다. 수용 인원은 스탠딩의 경우 2,700명이라고 한다.

좌석이랄까, 내 자리는 1층의 중간 정도. 무대가 상상 이상으로 가깝다. 그 세계적인 밥 딜런을 이렇게 가까운 거리에서 볼 수 있는 것인가, 봐도 괜찮은 것인가, 당황스러울 정도로 가까웠다.

관객의 연령은 다양했다. 작년에 갔던 닛폰부도칸에서 열린 로드 스튜어트의 콘서트나 도쿄돔에서 열린 사이먼앤가펑클의 공연에는 나와 같은 세대나 나보다 연상이 많아서 아야노코지 기미마로[일본 개그 만담가] 공연장 같다는(가본 적은 없지만) 생각을 했는데 오늘은 젊은이도 의외로 꽤 많았다.

내가 밥 딜런을 처음 알게 된 때는 70년대에 막 들어선 중학생 시절이다. 좋아했던 음악은 밥 딜런보다는 일본의 포크송이었다. 요시다 다쿠로, 엔도 겐지, 다카다 와타루, RC석세션, 가가와 료, 로쿠몬센(여기 나온 이름을 모르신다면 대충 훑어만 봐주세요. 제게는 나열해야 할 의리가 있는 것 같은 기분이 들 뿐이므로). 우선 그들을 알고, 그 연장선으로 밥 딜런에 도달한 느낌이다.

처음 들은 곡은 〈블로잉 인 더 윈드Blowin' in the Wind〉였다고 기억한다. 첫인상은 '응? 요시다 다쿠로와 비슷하네'였다. 물론 실제로는 요시다 다쿠로가 밥 딜런의 영향을 받은 것이지만.

밥 딜런이 세계를 석권한 데뷔 당시를 실시간으로 알고 있지는 않았다. 밥 딜런은 그보다 10년 가까이 전부터 '포크송의 신'으로 불렸고, 메시지 송(혹은 프로테스트 송)의 상징적인 존재였다. 포크송을 듣는 사람이나 하는 사람은 필연적으로 영향을 받는 인물이었다.

그가 노래하는 가사에는 특별한 의미가 담겨 있다고 여겨졌다. 〈블로잉 인 더 윈드〉는 인종차별에 대한 항의. 〈어 하드 레인스 어 고너 폴A Hard Rain's a-Gonna Fall〉은 '비'가 방사능을 의미하는 전쟁 반대 노래. 그가 아무리 말을 아껴도 듣는 사람은 그렇게 생각했다. 나도 밥 딜런의 노래를 앨범에 첨부된 해설서나 번역된 가사를 읽으면서 들었다.

내가 포크송에 열중했던 것도 멜로디보다 우선 가사, 그 메시지성에 끌렸기 때문이다. 그전까지 세상에, 적어도 내 주위에 흘러넘치는 곡은 지역에 대한 사랑이나 애정만 노래하는 가요, 아니면 멜로디는 아름답지만 가사가 의미불명인 외국곡이거나 가사조차도 없는 영화음악뿐이었다. 신선했다. 주로 라디오로 들었다. 텔레비전에서 흘러나오는 일은 거의 없었다. 서브 컬처라는 말이 아직 없던 시대의 서브 컬처. 인디라는 개념이 없던 무렵의 인디였던 것이다.

중학교를 졸업할 무렵에는 방송금지 용어를 연발하는 레코드를 부모님께 들키지 않는 볼륨으로 듣기도 하고 머리가 놀랍도록 긴 형님이나 스트레이트헤어를 손수건으로 감싼 누나들이 담배가 아닌 담배를 피우고 있을 것 같은 콘서트를 보러 가기도 했다.

오후 7시 공연 시작

밥 딜런 등장. 백밴드 다섯 명. 밥 딜런이 잘 보이지 않는다. 센터 마이크가 한눈에 보이는 좋은 위치를 확보했는데 무려 그는 무대 중앙에 서지 않고 오른쪽 구석에서 키보드를 두드리기 시작했기 때문이다.

첫 번째 곡은—죄송합니다. 모르는 곡이었다(나중에 〈캐츠 인 더 웰Cat's in the Well〉이라고 판명). 갑자기 밥 딜런을 아는 척했던 번지르르한 정체가 벗겨졌다. 모르는 노래인데 어째서인지 멜로디는 그리운 느낌이 들었다.

밥 딜런은 검은 코트에 검은 모자. 백발이 섞였다고는 하지만 옛날과 변함없는 복슬복슬 머리. 전혀 일흔에 가까운 나이로는 보이지 않았다. 멋있는 할아버지가 되어 있었다.

두 번째 곡은 하모니카 연주. 그렇지, 이 하모니카가 밥 딜런이다.

내가 밥 딜런의 초기 곡을 처음 듣기 시작할 무렵 그는 밴드를 거느리고 일렉트로닉 기타를 연주하는 록(느낌의) 뮤지션이 되어 있었다. "절개를 굽혔다"고 비판받던 시기다. 그랬다, 포크송은 상업주의와 타협해서는 안 된다, 그런 생각을 하던 시대였다. 일본에서도 요시다 다쿠로가 텔레비전에 출연한 것만으로도 배신자 취급당해 라이브 공연장에서 관객들이 "돌아가"를 외쳤다. 지금 생각해보면 이것도 밥 딜런의 영향이었던 것 아닐까 싶다.

당시의 밥 딜런은 우리 일본의 포크송 애송이들에게까지 야유받았다.

"그놈은 이제 안 돼. 커다란 농원을 갖춘 저택에 살면서 말을 탄다더라." "농원? 말은 안 되지. 말이라니" 하며. 노상이나 작은 라이브하우스에서 어쿠스틱 기타만으로 노래하는 그것이 포크, 메시지가 없으면 무효, 같은 생각으로 우리는 여드름 난 얼굴을 문지르면서 폼을 잡았다. 무엇이 '무효'인가, 제대로 생각도 하지 않고.

오후 8시 무렵 10곡째 〈마스터스 오브 워Masters Of War〉

이 곡은 알고 있었는데 바로 알아채지 못했다. 다른 분위기로 편곡되어 있었다. 목소리도 달랐다. 버릇은 남아 있었지만, 울림이 좋던 밥 딜런의 목소리는 목이 쉰 듯한 탁한 소리로 변해 있었다. 다른 곡을 다른 뮤지션이 부르는 것 같았다. 그래도 그것이 결코 나쁜 느낌은 들지 않았다. 40여 년이나 지난 것이다. 변하지 않은 게 더 부자연스럽다.

10대 무렵에 들었던 포크송을 지금도 좋아하냐고 묻는다면 내 대답은 반은 예스, 반은 노다. 요즘 일본의 뮤지션은 모두 옛날보다 훨씬 뛰어나다. 곡의 멜로디도 세련되었고, 라디오가 유일한 미디어였던 무렵에는 거의 상관없었던 아티스트의 외모도 잘생겼다. 하지만 광고음악이나 드라마나 영화와 제휴해 거기에 맞춘 독도 약도 없는 곡만 듣고 있으면 나도 모르게 말하고 싶어진다. '그런 가사로 정말로 괜찮은 건가?', '쉽게 타협하지 마.' 스스로도 귀찮은 녀석이라고는 생각한다.

표현에는 메시지가 담기지 않으면 안 된다.

어릴 적에 굳어버린 사고회로는 지금도 나를 얽어매고 있다. 본업인 소설도 아주 작은 것이라도 무언가 메시지가 없으면 쓰는 의미가 없다, 나는 그렇게 생각하고 있다. 그래서 문장 위에서 자주 '외친다'. 과연 외칠 자격이 있는지 고개를 갸웃거리면서.

뭐, 너 같은 놈이? 그 소설이? 누군가는 이런 말을 할 것 같은데 정말 그렇다. 나의 머릿속 한구석에는 지금까지도 경종이 울리고 있다. 넌 타협하지 마, 라고. 어쿠스틱 반주를 깔고서.

오후 8시 40분경. 첫 번째 앙코르 〈라이크 어 롤링 스톤 Like a Rolling Stone〉

벌써 앙코르라니. 시간이 짧게만 느껴진다. 그렇게 느낀 것은 좋은 라이브였기 때문일 것이다. 밥 딜런은 계속 노래만 불렀다.

MC 없이. '일본 팬 여러분 안녕하세요' 같은 립 서비스도 없이. 끊임없이 노래하고 연주할 뿐. 쓸데없는 것은 됐고, 내 곡만 잘 들어, 라고 말하는 것처럼.

40여 년 전의 다큐멘터리에는 밥 딜런의 이런 말이 소개되었다.

"바보들은 내 노래에 대해 쓴다. 무엇을 노래하는지 나도 모르는데."

위악적인 가벼운 말장난이었겠지만 의외로 진심일지도 모른다. 프로테스트 송의 기수라고 불리던 무렵도, 상업주의와 타협했다고 야유받던 때도, 그리고 50년 가까이 지난 지금도 사실 밥 딜런은 변하지 않은 것이다. 변한 쪽은 세상이다.

오후 9시 마지막 곡 〈올 어롱 더 와치타워All Along the Watchtower〉 전에 멤버 소개

밥 딜런이 처음으로 말을 했다. 결국 곡 이외에 목소리를 낸 것은 이때뿐이었다.

밥 딜런은 '옛날 명성으로 다시 나왔습니다' 같은 느낌의 예전 거물 아티스트와는 전혀 달랐다.

여전히 활발한 활동을 하고 있다. 앞으로도 계속할 생각인 것이다. 생각만 있으면 도쿄돔이라도 가득 채울 수 있을 텐데 이 일본 공연에서 굳이 수용인원이 제한된 라이브를 십여 회나 여는 것은 분명 그런 긍지가 있기 때문이다. 젊은 관객이 많은 것도 그런 이유다. 뒤늦게나마 깨달았다. 40년 전에 음악시계가 멈춰 있던 나 같은 사람과는 달리 현재의 밥 딜런을 잘 알고 사랑하는 사람들이 여기에 모여 있다는 사실을.

아마도 메시지라는 것은 아무리 목소리 높여 외쳐도 본인이 생각하는 만큼 사람들에게 닿지 않을 것이다. 사람은 한 곡의 노래나 한 권의 책으로 자신을 휙 뒤집어 바꿀 만큼 바보가 아니다. 메시지는 외치는 본인의 것이 아니라 받아들이는 사람의 것이다. 한 사람 한 사람이 자기 마음대로 해석하면 충분하다. 외칠 자격이건 뭐건, 그전에 프로로 할 수 있는 것을 하지 않으면 '무효'.

음악을 들을 때는 귀만 기울이면 되는 것을, 쓸데없는 것까지 생각하는 나쁜 습관이 고쳐지지 않은 모양이다. 세계적인 뮤지션과 10여 미터 거리에서 대면한 일본의 보잘것없는 소설가인 나는 그런 생각을 했다.

(2010년 5월호 〈소설 스바루〉)

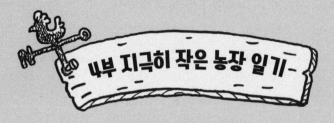

Part 2(봄·여름편)

4부는 이 에세이집을 위해 새로 집필했다.

🥒지극히 작은 농장 리뉴얼 오픈 공지

갑작스럽습니다만, 여기서부터 지극히 작은 농장 일기 Part 2입니다.

내가 〈마이니치 신문〉에 '지극히 작은 농장 일기'를 연재한 것은 2008년 10월부터 이듬해 3월까지다. 쓰고 싶은 것은 나름대로 썼다고 생각하고 처음부터 반년 동안이라는 약속이었기 때문에 불만은 말하지 않았지만, 지극히 작은 농장 주로서 부족했다고 할까 다소 미련이 남아 있었다. 아니 솔직히 말하자. '다소'가 아니라 '상당히' 미련이 남아 있었다.

그것은 무엇인가. 지금이야말로 큰 소리로 말한다.

여름 이야기를 쓰지 못했어!

채소밭이 가장 풍성한 때는 역시 여름이다.

토마토, 오이, 가지. 가정 텃밭의 3대 스타를 심고, 키우고, 수확하는 때는 4월부터 9월에 걸친 시기다. 그렇다, 마치 〈마이니치 신문〉의 짓궂은 장난처럼 쏙 빠져 있지 않은가. 가을 겨울 채소에도 제각각 묘미는 있지만 작은 농장이 가장 활기차고 화려한 시즌에 대해 자랑하지 못한, 게 아니라 소개하지 못한 것은 안타까웠다.

그런데 10년의 시간이 지나 그 한을 풀 때가 왔다.

'작은 농장 일기'를 한 권의 책으로 만들어보자는 이야기가 나왔을 때 기회를 놓치지 않고 내가 먼저 제안했다. 그러면 여름 편을 새로 써보겠습니다, 라고.

그런 연유로 여기서부터는 2017년의 작은 농장 현황을 자랑, 이 아니라, 보고드리고 싶습니다.

우선 처음으로 최근 10년 동안 농장에 약간의 변화가 있었던 것을 보고하려 한다.

7년쯤 전에 우리 집은 정원을 리뉴얼했다. 장인장모님이 계시던 시절부터 있던 정원석을 옮기고 테라스를 설치하고 작은 나무 몇 그루를 심었다. 그때를 이용해 농장 공간을 조금 확장했다. 지극히 좁고 볕이 부족한 것은 변함없지만 처음에 비해 1.45배 정도 넓어졌다. 교환조건으로 테라스가 의미 없이 넓어졌지만.

여기에 새로운 지극히 작은 농장 전체도를 올려놓으니 21쪽의 예전 그림과 비교해보셨으면 한다.

자.

어떤가요?

전혀 변하지 않았다고요?

그런가?

🐁 4월에는 밭에서 저를 찾아주세요

이와테 현 하나마키 시에 보존되어 있는, 미야자와 겐지가 개인 교육기관 '라스치진 협회'를 열어 자급자족하며 살았던 집에는 입구에 칠판이 놓여 있고 이런 글이 적혀 있다.

아래 밭에 있습니다.

이 얼마나 멋진 말인가.

사실 이 말에는 겐지를 찾아온 학생들에게 '마음대로 안에 들어가도 괜찮아. 집 안에 먹을거리가 있으니까 마음껏 먹어'라는 다정한 메시지가 담겨 있다고 한다. 하지만 내가 물고 늘어진 부분은 그런 마음 따뜻한 에피소드가 아니라 이 어구다.

'아래 밭'

말해보고 싶다. "아래 밭에 있습니다". 지금 나의 지극히 작은 밭에는 위도 아래도 없다. 오른쪽도 왼쪽도. 집 현관에서 도보 3초. 언젠가 아래 밭을 만들어서(위라도 상관없지만), 칠판에 써놓고 싶다고 생각했다. 집은 꼼꼼하게 열쇠로 잠그고.

골든위크[4월 29일 쇼와의 날, 5월 3일 헌법기념일, 5월 4일 녹색의 날, 5월 5일 어린이날 등 일본의 공휴일이 모여 있는 매년 4월 말부터 5월 초]가 가까워지면 언제나 마음이 웅성거린다.

올해는 제대로 휴일을 잡을 수 있을까, 날씨는 괜찮을까, 하고.

말은 이렇게 하지만 매년 이 시기에 레저를 즐기러 나가는 습관이 있는 것도 아니다. 4월 말부터 5월 초에 걸친 시기는 채소 모종을 심는 시즌이다.

이전 회(10년 전의 최종회. 85~90쪽을 참고해주세요)에서 쓴 것처럼 오이나 토마토, 가지 같은 여름 채소는 항상 모종을 심어서 키운다.

다만 모종을 입수하는 곳은 늘었다. 10년 전에는 "3~4킬로미터 떨어진 홈센터 두 곳을 자전거로 왕복하는 일도 적지 않다"고 썼는데, 최근 몇 년 사이에 새로운 지혜가 생겼다고 할까, 채소에 대한 열병이 깊어졌다고 할까, 전철을 타고 편도 30분 이상 걸리는 종자·모종업체가 경영하는 가든센터까지 사러 가는 패턴이 많다. 화분에 심을 것이나 본가에 심을 것(사이타마의 본가에 출장을 가서 채소를 심는 것도 10년 전에는 없었던 습관이다)까지 포함하면 모종의 수는 십여 종이 된다. 자동차를 가지고 있지 않으므로 꽤 힘들다.

뭐, 모종을 심는 일은 화분의 모종을 땅에 옮겨 심기만 하면 되기 때문에 그렇게까지 힘이 들지는 않는다. 문제는 그 전 단계. 땅에 심기 전에는 흙 만들기가 필요하다.

가정 텃밭 관련서적에는 엄격한 업무상 연락사항 같은 느낌으로 대체로 이렇게 적혀 있다.

"모종을 정식으로 심기 3주 전까지는 고토석회를 뿌려둘 것."

방치해두면 산성이 되기 쉬운 토양을 알칼리성으로 만들어주기 위한 작업이다. 뭐, 이것도 말하자면 흙에 소금 후추를 적당량 뿌리는 것 같은 가벼운 작업이니까 귀찮지는 않다.

문제는 이쪽.

"모종을 심기 2주 전까지는 밭을 잘 갈아서 비료를 섞어둘 것."

'잘 간다', 말로 하면 겨우 세 글자지만 오이만 해도 깊이 20센티미터까지, 가지나 토마토의 경우는 깊이 30센티미터까지 갈아엎어야만 한다. 게다가 그 위에 20센티미터 높이의 이랑을 만든다.

몇 년이나 같은 장소를 갈아엎고 있는데도 초봄의 흙은 딱딱하다. 곡괭이는 없기 때문에 모종삽을 사용한다. 매번 신경 써서 제거하는데도 뿌리나 돌멩이가 굴러 나오는 것이 늘 신기하다. 어디에서 기어들어오는 걸까. 결코 방심할 수 없다.

그런 이물질을 체로 걸러내고 작물에 따라서 심을 구멍 아래 깊은 곳에 비료를 넣어둬야 하니 사실상 밭을 갈아엎는다기보다는 구멍을 파는 작업이다. 용지의 길이 약 2미터에 폭 30센티미터, 깊이 20~30센티미터의 고랑을 파서, 파낸 흙을 약 70리터들이 천으로 된 가드닝 자루에 넣어뒀다가 그것을 다시 덮는다. 고의로 무익한 노동을 시켜 죄인을 정신적으로 몰아붙이는, 어딘가 국가의 정치범수용소 같은 작업이다. 밭 갈기(파기)가 끝나면 이번에는 전체 면적에 멀티시트를 덮는 작업이 남아 있다.

이게 또 엄청 힘들다. 이렇게 글로 쓰는 것만으로도 피곤해진다.

'그렇게 힘들어?' '별일 아닐 것 같은데.' 여기까지 읽고 이런 감상을 내놓는 체력 튼튼한 분도 있을지 모른다. 굳이 반론은 하지 않겠다. 어디까지나 평소 육체노동과는 인연이 없는 인간의 '힘들다'이기 때문에 분명 마음만 먹으면 이틀이면 끝날 만한 작업이기는 하다. 다음 날 허리 통증을 각오한다면 딱 하루 종일. 하지만 이 자리에 모여주신 여러분, 그 하루이틀이 마음대로 안 되는 겁니다.

내가 하는 일은 자유업이기 때문에 주말뿐만 아니라 평일에도 채소밭을 가꿀 수 있는 강점이 있지만 반대로 약점도 있다.

사실은 골든위크 무렵은 소설 일이 성수기인 것이다. 매달 마감이나 연간 출판계획은 세상의 연휴와는 아~~~무런 관계도 없이 진행된다. 그뿐만이 아니라 연휴에는 인쇄소가 움직이지 않기 때문에 평소보다 빨리 원고를 달라고 하는, 세상에서 말하는 '골든위크 진행'이 이루어지는 시기이기도 하다. 다른 달보다 마감이 빨라진다. 회의나 취재도 연휴 전이 되면 갑자기 늘어난다.

밭을 갈 여유가 없는 것은 물론이고 모종을 사러 갈 시간도 없다. 무엇보다 최근 몇 년 동안은 오로지 전철로 30분은 걸리는 곳까지 다니고 있으니. 게다가 그렇게 가서는 어떤 것으로 할지 꽤 고민하기 때문에 이것도 한나절 걸린다.

그래서 봄이 다가오면 올해야말로 일의 스케줄을 잘 조정해서 원고도 채소 경작도 빨리빨리 진행해둬야지, 라고 항상 생각한다. 하지만 슬프게도 '생각하다'와 '해내다'는 다른 세계의 주인이다. 올해도 역시나 실패했다.

일찍 준비를 끝내두면 성과도 달라질 것이 분명한데도 일찍 준비가 되었던 해는 기억이 나지 않을 만큼 적다. 그리고 의외로 제대로 준비를 해도 상황은 달라지지 않기도 한다.

자, 골든위크가 지나고 무사히 모종 심기도 끝나고 덩달아 일의 스케줄도 일단락되면 조금 여유로워졌으니 여행이라도 가볼까, 싶은 해도 있다. 방치해둬도 채소 모종은 화내거나 삐치거나 "가끔은 어디에 좀 데려가줘" 같은 요구를 하지 않는데, 아내는 그렇지 않기 때문이다.

그렇다고 해도 이제 막 심은 모종은 믿음직스럽지 못할 정도로 비리비리하다. 며칠 동안 집을 비우는 것은 언제나 불안하다. 여행지의 날씨보다 우리 집의 날씨가 더 신경 쓰이기도 한다. '밭에 물을 뿌려주세요'라고 써놓고 싶어진다. 당일 아침에 물을 듬뿍 뿌리고 누가 뒷머리를 잡아당기는 느낌을 받으며 외출을 한다.

그래도 며칠 지나 집에 돌아와 보면 내 걱정은 아랑곳없이 의외로 건강히 자라 있기도 하는 것이다. 너희 어디서 뭘한 거야? 나도 모르게 물어보고 싶어진다.

🥒 그래도 오이는 흰다

이제 가정 텃밭을 시작해볼까 싶은데 뭘 심으면 좋을까?

영원한 초보자인 나를 베테랑으로 착각해 가끔 이렇게 물어보는 사람이 있다.

나는 베테랑인 척 거만한 시선과 대범한 말투로 답한다.

"오이가 괜찮아요. 땅에 심을 수 있거나 커다란 화분을 둘 수 있어야 한다는 조건이 있지만요."

오이는 괜찮다. 우리 집 작은 농장의 4번 타자. 스모로 말하면 요코즈나. 축구로 말하자면 에이스 스트라이커. 스포츠에 관심이 없는 분을 위해 다카라즈카 여성 가극단으로 비유하자면 여름조의 톱……. 집요한가? 아무튼 매년 반드시 심는다. 올해도 세 포기 심었다.

무엇이 괜찮은가 하면, 아무튼 성장이 빠르다. 여름의 어느 날 아침, 삼색볼펜 정도의 길이와 굵기였던 열매가 다음 날 저녁 무렵에는 슈퍼의 청과코너에 놓인 사이즈로 자라 있다. '아이들은 눈에 보일 만큼 쑥쑥 자란다' 같은 표현을 자주 사용하지만, 오이의 경우 정말로 보인다. 초등학생의 신장은 1년 동안 5~6센티미터 정도 자라지만, 오이의 경우 하루에 3~4센티미터 자라니까. 체중으로 보면 하룻밤 사이에 두 배. 그림책을 읽어주며 재웠던 유아가 아침에 일어났더니 여드름 난 얼굴의 고등학생이 되어 있다. 그런 느낌.

수확을 잊기라도 하면 큰일 난다. 말도 안 되게 커진다. 눈 깜짝할 사이에 수세미처럼 거대해진다. 겨우 세 포기인데도 잎에 가려 있던 것을 며칠 보지 못하기라도 하면 분명 오이였던 것이 수세미만큼 커져서 도미를 낚았을 때처럼 양손으로 들고 어찌할 바 몰랐던 일이 몇 번이나 있었는지.

성장이 빠르다는 것은 그만큼 수확량도 많다는 것이다. 이 부분도 기분 좋다.

모종을 심고 2주 정도 지나면 오이는 차례차례 꽃을 피운다. 미나리아재비 같은 노란 꽃이다(미나리아재비가 어떤 꽃인지는 297쪽의 ★표시된 설명을 참고해주세요). 꽃이 핀 후로 가만 둬도 확실하게 열매가 열려 자란다.

겨우 세 포기라도 최고 성수기가 되면 하루에 대여섯 개는 수확할 수 있다. 다 먹을 수 없어서 이웃에 나눠주는 일도 많다. 이웃이 좋아하는지 어떤지는 별개로.

이전에는 매년 2열로 두 포기씩, 총 네 포기를 심었는데 너무나 수확량이 많아서 최근 몇 년은 1열 세 포기로 줄였다. 너무 많이 열려서 곤란하다…… 이 대사는 우리 집 다른 작물에는 결코 뱉을 수 없다.

게다가 갓 딴 오이는 맛있다. 신선하다. 아프다. 청과시장에 진열된 것과는 달리 갓 수확한 신선한 오이에는 그 오돌토돌한 돌기 하나하나에 가시가 돋아 있다. 그 녀석을 목장갑을 낀 손으로 긁어 없애고 가볍게 씻어 된장이나 마요네즈를 찍어 와삭 씹어 먹는다. 때마침 맥주가 맛있어지는 계절이니 딱 좋은 안주가 된다. 된장과 마요네즈를 섞어서 가볍게 시치미토우가라시[고추를 주재료로 하여 다양한 양념이나 향신료를 조합한 일본 조미료]를 뿌린 딥소스도 괜찮다.

나름대로 손은 많이 간다. 오이는 덩굴식물로, 땅 위를 뻗어가는 종을 제외하면 지주를 세워 덩굴을 유도하는 망(홈센터에서 대부분 팔고 있습니다)을 걸어줘야만 한다. 위쪽으로도 쑥쑥 자라고 부모덩굴에서 자식덩굴로, 자식덩굴에서 손자덩굴로 옆으로도 쭉쭉 자란다. 그 덩굴을 망에 묶어주거나 적당히 잘라내거나. 그래도 조금은 손이 가는 편이 채소를 키우는 재미가 있다.

해충이 꼬이는 일은 별로 없다. 신경을 써야 하는 부분은 잎이 하얗게 되어 말라가는 '흰가루병'을 주의하는 정도다.

그런 연유로 실컷 으쌰으쌰 오이를 치켜세워줬는데, 이 세상 모든 것에 동전의 앞면과 뒷면이 있다. 좋은 것 뒤쪽에는 나쁜 것이 숨어 있게 마련이다. 사실은 앞에서처럼 오이를 추천할 때 이어지는 말이 있다.

"단, 오이는 큰 문제가 하나 있어요."

초보 농장의 우등생인 오이에 대해 하나도 빠짐없이 이야기하자면 오이의 '휘는 문제'에 대해서도 이야기해야만 한다.

지금까지 열거한 오이의 장점에 거짓은 조금도 없지만, 만약 이 글을 읽고 '그러면 일단 오이부터 시작해볼까?'라고 생각하는 분이 계실 텐데 이 '휘는 문제'를 언급하지 않으면 의료법의 사전동의 규정에 위배되는 일이다.

오이라고 하면 대부분의 사람이 똑바로 쭉쭉 자라는 막대기 같은 모습을 상상하겠지만, 그것은 시장에 유통되는 오이의 겉모습이다.

실제로 직접 키워보면 알게 된다. 오이의 뒷모습을.

오이는 똑바로 자라지만은 않는 것이다.

수확 초기 무렵에는 어느 열매도 만유인력의 법칙(?)에 따라 아래를 향해 똑바로 자라는데 수확이 몇 주고 이어지다보면 왜인지 둥그렇게 휜다. 이런 사실을 바탕으로 앞에서 설명한 오이의 장점을 칭찬한 문장을 보완하면 다음과 같다.

여름의 어느 날 아침, 삼색볼펜 정도의 길이와 굵기였던 열매가 다음 날에는 제대로 슈퍼에 진열된 사이즈로 자라고, 종종 둥그렇게 휜다.

겨우 세 포기라도 최고 성수기가 되면 하루에 대여섯 개 수확. 다만 그중 두세 개는 둥그렇게 휘어 있다.

왜 휘는지는 수수께끼다. 적어도 내게는.

물주기에 문제가 있다고 들으면 적게 뿌린다. 혹은 많이 뿌린다.

비료의 양과 관계있다는 이야기를 들으면 비료를 더한다. 혹은 줄인다.

할 수 있는 것은 다 했다고 생각해도 다음 날 아침에 보면 둥그렇게. 도르르르.

요즘은 이렇게 생각하고 있다.

오이는 본래 휘는 성질을 갖고 있다, 똑바로 막대 형태로 자라는 쪽이 변형종이다, 라고.

한마디 더해두자면 수세미 크기가 되어버리는 것은 물론 휘더라도 맛은 특별히 다르지 않다. 칼로 썰기가 힘들 뿐.

★미나리아재비=노란색 오이꽃과 비슷한 꽃.

오이의 다섯 가지 변형 형태

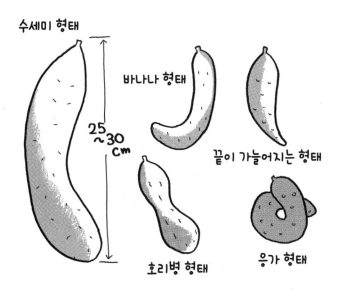

수세미 형태

25~30cm

바나나 형태

끝이 가늘어지는 형태

호리병 형태

응가 형태

🍉 수박 결혼시키기

몇 년째 수박을 키우고 있다.

아무튼 자리를 차지하는 작물이라 본래 지극히 작은 농장에는 적당하지 않다. 권장하는 재배면적은 한 포기당 한 평. 권장하는 대로 따르면 다른 채소를 심을 수 없게 된다. 그래서 항상 권장되지는 않지만 아마도 이 정도라면 아슬아슬하게 괜찮지 않을까 하는 최소한의 공간을 마련해 두 포기만 심는다. 수박은 내버려두면 잎과 덩굴이 지면을 덮어버리므로 (그래서 한 포기당 한 평이 이상적이지만) 낮은 지지대를 세워 좋은 열매가 열리지 않을 것 같은 1.5미터 미만의 덩굴을 잘라버리는 반#공중재배로 좁은 경지 면적을 꾸려나가고 있다.

그렇게까지 해서 왜 심는가?

답은 간단하다.

거물을 노리고 싶기 때문이다.

큰 채소를 수확하고 싶다.

보라, 낚시꾼도 수많은 잡어보다는 한 마리 대물을 원하지 않는가. 그것과 똑같은 마음이다. 오이나 가지는 너무 커버리면 곤란하지만 수박에 한해서는 어쨌든 크게 키우고 싶다. 그래서 사려고 하는 모종도 미니수박이 아니라 일반적인 큰 수박.

앞에서도 쓴 공중재배는 공중에 떠 있어도 문제가 되지 않는 무게의 미니수박을 위한 재배법이다. 큰 수박이라면 덩굴이 무게를 견디지 못하고 떨어져버린다. 따라서 반공중재배를 선택했다.

그렇다고 해도 지금까지 대물 수확에 성공한 일은 한 번도 없다. 수확 가능한 것은 끽해야 소프트볼과 핸드볼의 중간 정도 크기의, 공중에서 재배해도 아~~~무런 문제도 없는, 대물을 노린 궁리와 장치가 허무하고 부끄러울 뿐인 자그마한 것들뿐이다. 왜 그럴까.

올해도 지극히 작은 농장의 그렇지 않아도 작은 용지의 삼분의 일 정도 공간을 사용해서 두 포기를 심었다. 늘 해왔듯이 반공중재배에 더해 이랑을 높인 왕겨 재배법이라는 비책도 새롭게 채택했다.

자, 올해야말로.

수박 재배에서 가장 대처하기 힘든 일이 인공수분이다. 다른 작물과는 달리 곤충이나 바람으로는 확실하게 수정이 되지 않아 인위적으로 교배해줘야만 한다.

므흣. 수정. 교배. 구체적으로 무엇을 어떻게 하는 건가. 그것을 이제부터 자세히 설명드리고 싶습니다.♡

수박은 덩굴이 구불구불 1미터 이상 자랐을 무렵에 수꽃과 암꽃이 피기 시작한다. 노란색 꽃이다. 미나리아재비와 닮았다(미나리아재비가 어떤 꽃인지는 297쪽의 ★표시된 설명을 참고해주세요).

암꽃과 수꽃 모두 꽃잎은 다섯 장으로 같은데, 암꽃이 약간 크고 옆에서 살펴보면 차이를 알 수 있다. 수꽃의 꽃자루(꽃을 받쳐주는 줄기)는 성적 매력도 멋도 없는 그저 가는 막대기 형태지만, 암꽃은 부드럽게 둥글다. 자세히 보면 솜털이 난 작은 초록색 망울에는 분명히 줄무늬까지 있다. 미래에 수박이 될 아기다. 그것을 본 것만으로도 내 가슴은 쿵쿵 울린다. 어떻게 해서라도 그 아이를 크게 키우고 싶다. 키우는 것이 나의 사명이라고 굳게 믿는다.

자 그렇다면, 교배, 시작합니다. 수분은 아침에만 한다. 오전 9시까지, 늦어도 10시까지는 해두지 않으면 성공률이 쏙 떨어진다고 한다. 후후♡ 아침부터 맹렬하군.

우선 수꽃의 꽃잎을 거친 콧김을 내뿜으며 전부 떼어내어 수술만 남긴다. 끝에 반짝반짝 황금색 화분이 붙어 있는 그 물건을 암꽃의 안쪽에 적나라하게 노출된 암술에 톡톡 문질러준다.

거칠게 문질러서는 안 된다.♡ 어디까지나 부드럽게 어루만지듯이.♡

아침부터 머릿속에는 '부도덕', '강제추행' 같은 단어가 떠오른다. 수꽃 한 송이의 화분으로 충분하다고는 하지만 이놈도 저놈도 별로 신뢰할 수 없으므로 다른 수꽃과도 교배시킨다. '난교'다.

자유업인 나는 아침에 늦게 일어나는 편이지만 여름철은 (다른 때에 비해서는) 일찍 일어난다. 수박을 인공수분시키기 위해서다.

그런데 애써 일찍 일어나도 꽃이 한 송이도 피지 않았을 때도 있다. 어차피 겨우 두 포기이기 때문이다.

오오, 오늘은 제대로 폈어, 그것도 잔뜩, 이렇게 기합을 넣고 수박밭 가까이 달려가서 보니 전부 수꽃일 때도 자주 있다. 수박은 수꽃이 압도적으로 많이 핀다. 마치 시집올 여성이 부족해 고민하는 지역처럼. 여성 참가자가 오지 않는 애처로운 미팅처럼.

인간이라면 또 다른 결혼상대를 찾는 데 힘을 기울이면 되지만, 그들 수꽃에게 있어서는 일생에 한 번뿐인 기회다. 그야말로 쓸모없는 꽃. 그들의 원통함을 생각하면 슬퍼서 가슴이 멘다.

그런가 하면 암꽃 한 송이가 홀로 외로이 필 때도 가끔 있다. 덩굴을 밀어 헤치고 잎을 밀어 헤치며 필사적으로 수꽃을 찾아보지만 어디에도 없다. 너희들 뭐 하고 있는 거니? 모처럼 공주님이 행차하셨는데. 천재일우의 이 기회를 헛되게 할 것인가, 야단을 쳐봐도 꽃봉오리는 꿋꿋하게 피지 않아, 순결을 지키고 끝나는 공주의 생애를 그저 망연히 서서 바라볼 수밖에 없다.

자, 이 글을 쓰는 지금은 2017년 연말이다. 올해 수박의 결과는 이미 나왔는데, 안타깝게도 자세하게 언급하기에는 다소 지면이 부족하다. "작은 수박도 맛있어"라는 말만 남겨두겠다.

암술에
화분을
묻힌다

꽃잎을
떼어내고

수술을
다 드러내서

수꽃

부푼 부분이
거의 없다

암꽃

이 부분이
수박처럼 부풀어 있다

키는?

연봉은?

화분의 양은
어느 정도?

학력은?

무슨 품종?

water
melon

Tigers

🍅 토마토는 가학적인 과보호로

몇 년을 채소농사를 짓고 있지만 여전히 틈만 나면 키우는 방법에 대해 쓴 책이나 인터넷 정보를 읽는다. 적혀 있는 내용은 대체로 비슷한데도 말이다.

예를 들어 토마토에 대해서는 이런 내용이 무척 많다.

토마토를 잘 키우기 위해서는 물과 비료를 너무 주지 말 것. 단맛이 강한 토마토로 키우기 위해서는 스트레스를 주는 것이 중요.

이런 설명도 있다.

시들기 직전까지 액체비료를 주지 않는다.
일부러 거친 땅에 심는다.

해변 근처라면 일부러 바닷물을 줘서 소금기로 토마토가 물을 흡수하는 것을 억제한다.

이 무슨 무서운 짓을. 이것은 식물학대가 아닌가. 가정내 폭력이 아닌가. 가정 텃밭의 경우 정원내 폭력이 되는 걸까. 이런 짓을 해도 식물애호단체에 고소당하지 않는 걸까?

즉 이런 말이라고 한다.

토마토의 원산지는 남미의 안데스 고지. 비가 적고 건조한 토양이다. 밤낮의 기온차가 크고 토지도 비옥하다고는 말하기 어려운 가혹한 환경. 그러니 이런 가학적이라고도 말할 수 있는 조련법……이 아니라 재배법은 이치로는 맞는 말이다. 오히려 토마토에 적합한 환경을 마련하기 위한 것이다.

반대로 말하면 토마토는 비가 많은 일본의 기후에서는 원래 키우기 힘든 작물이라는 말이 된다. 여름 채소에게 6월은 모종에서 열매를 맺는 줄기로 자라기 위해 중요한 시기인데, 일본의 경우 장마기간 한가운데. 그래서 토마토 농가는 어디든 하우스에서 토마토 농사를 짓는다.

온실을 만들라고? 아, 무리입니다. 관상용 미니토마토라면 몰라도, 보통 토마토는 높이 2미터 정도의 지주를 세워 키워야 한다. 아무리 미련한 곰 같은 나라도 정원에 높이 2미터 넘는 하우스를 만드는 일은 도저히. 그냥도 길에서 훤히 들여다보이는 좁은 정원에 토마토나 오이가 매달린 2미터가 넘는 지주가 열 개쯤 떡하니 서 있는 광경은 이웃 주민들을 깜짝 놀라게 한다. 하우스까지 세울 수는 없다. 세우고 싶지만.

하우스를 가지지 못한 초보 농사꾼이 노지재배를 해도 토마토는 잘 자라고 맛도 나쁘지 않다. 그래도 항상 생각한다. 분명 하우스재배를 하면 더 맛있겠지, 더 많이 수확할 수 있겠지, 하는 부질없는 생각을. 내 실력은 겨우 이 정도가 아니야. 좀 더 그럴듯한 환경만 된다면 정말로 실력을 발휘할 수 있을 것이 분명해, 하고 흔히 듣던 대사로 머릿속에서 자신을 실제보다 훨씬 높게 평가해가며.

내가 할 수 있는 토마토에 대한 호우대책은 지금으로는 다음 세 가지다.

① 줄기의 뿌리 근처를 시트로 덮는다.

다른 대부분의작물도 이렇게 하고 있는데, 토마토는 지면에 멀티시트를 덮어 직경 9센티미터 정도 구멍을 뚫고 거기에 모종을 심는다. 이렇게 심은 구멍 부분도 시트로 덮는 작전이다. 잎과 줄기에 비를 맞는 것은 막을 수 없지만, 이렇게 하면 뿌리가 여분의 물을 흡수하지 않는다.

② 키우는 토마토 중에 두 포기 정도는 크게 키우는 것을 포기하고 대형 화분(76리터 대용량으로 우수한 제품)에 심어 처마 밑에 둔다.

③ 올해는 마른장마이길 그저 바란다.

사실은 하우스 비스름한 것을 만든 적이 딱 한 번 있다. 본격적인 하우스는 무리라도 비에 노출되는 것을 막기 위한 것이라면 만들 수 있을지도 모른다는 생각에. 지주 위에 농예재료를 세공한 아치를 올리고 터널용 비닐시트로 싹 덮었다. 다른 채소에는 해본 적 없는 과보호. 토마토를 엄격하게 키우기 위한 과보호였다.

1년 하고 그만뒀다.

비닐을 제대로 씌우지 않은 탓인지 비가 내릴 때마다 시트에 물이 고였다. 빗물의 무게로 축 늘어질 정도. 토마토를 점점 부풀어가는 물풍선 아래에 앉혀놓는 벌칙 게임 같은 광경이었다. 자주 물을 퍼내지 않으면 넘쳐버리는 상황에 닥치는데, 이런 절박한 때는 당연하지만 계속 비가 내린다.

일반 민가의 정원에서 대나무 장대나 컬러폴을 대충 막 사용해 길이가 긴 지주를 세우는 것만으로도 도쿄의 골목에서는 수상한 광경인데, 거기에 기괴한 비닐 지붕이 덮여 있고 게다가 비가 오는 날에는 평일 한낮부터 사다리에 올라가 필사적으로 물을 퍼내는 직업 불량한 남자를 발견했다면 지나가는 사람들이 슬금슬금 피해 가는 모습은 상상하기 어렵지 않다.

🍆 가지는 의외로 괜찮은 놈일지도 몰라

나는 가지를 좋아한다.

통째로 구운 가지 껍질을 앗 뜨거 앗 뜨거 하며 벗겨서 냉장고에 넣어 식힌 후 가쓰오부시를 뿌리고 간 생강을 올려 간장을 뿌려서 한입. 맥주를 꿀꺽. 크아. 여름이 주는 포상 중 하나다.

둥글게 썰어서 그냥 굽기만 한 것도 좋아한다. 생강도 괜찮지만 겨자간장도 어울린다. 된장구이라고 부르던가, 이렇게 해서 된장을 바른 가지도 맛있다.

'마파가지'나 '가지와 돼지고기 겨자 볶음'은 중화요리 중에서도 나의 베스트10에 들어가는 메뉴이고 '가지와 베이컨', '가지와 참치'를 넣은 토마토 파스타는 내가 할 수 있는 몇 안 되는 요리 레퍼토리 중 하나다.

그런 연유로 다시 한 번 말한다. 가지를 좋아한다. 먹을거리로는.

하지만 가정 텃밭의 작물로 가지는…… 으음. 뭐라고 하면 좋을까. 친구로는 엄청 좋은 놈이지만 직장 동료로는 좀, 이런 사람 있지 않은가. 그런 남자인 것이다, 가지는.

가지는 가정 텃밭에서 인기 작물이다. 시즌이 되면 홈센터의 채소 모종 코너에 토마토나 오이와 어깨를 나란히 하고 떡하니 놓여 있다. 나도 매년 심는다. 하지만 오이나 토마토만큼 애정을 가지고 있지 않은 기분이 든다. 최근 몇 년 편애하고 있는 수박에 대한 것과 같은 열정도…….

가지 재배는 손이 많이 갈 일이 없다. 토마토처럼 매일 곁순을 따줘야 하는 성가심도 없고, 내리는 비에 일희일우하는 걱정도 없고, 오이처럼 덩굴을 유도하거나 세심하게 가지 정리를 해야 할 필요도 없다. 심고 나면 거의 방치. 초기 단계에서 자라는 줄기를 서너 개로 정리하여 지지대라고 말하기도 힘든 비스듬한 부목을 세운다. 작업은 그 정도다. 그런데 그것이 어딘가 부족하게 느껴진다. 성에 차지 않는다. 하지 않아도 되는 쓸데없는 일을 하는 것이 즐거운 가정 텃밭 농사꾼의 뒤틀린 심정을 아무래도 그는 이해하지 못한 것 같다.

오이는 눈에 보일 만큼 쑥쑥자란다. 토마토는 나날이 빨

갛게 익는다. 거기에 비해 가지의 성장은 느리고 느긋하다. 색도 변하지 않는다. 작았을 때부터 보랏빛을 띠는 남색으로 그 색 그대로 덜렁 가지에 매달려 흔들흔들하는 사이에 어느새 수확시기를 맞이한다.

꽃이 핀 때부터 수확할 때까지 3주 정도. '뭐야, 3주면 느린 것도 아니잖아'라고 생각하시는 분은 가정 텃밭의 짧은 여름 3주가 다른 계절의 3개월에 필적하는 농밀한 시간임을 모르시는 것.

토마토와 똑같은 가짓과인데 비에 약하지도 않다.

비가 내려도 햇볕이 쨍쨍 내리쬐어도 구름이 잔뜩 낀 날도,

흔~들

흔~드~을.

뭐, 그래도, 그 점이 가지의 좋은 점이기도 하다.

한여름에는 매일 수확을 잔뜩 하겠다고 콧김마저 거칠게 잔뜩 기합이 들어간 나의 초조함을,

뭐~어, 상 관 없 잖 아~ 가 정 텃 밭 인 거~얼.

이렇게 달래주는 것 같은 기분이다.

여름 채소밭은 가지에게 도움을 받는 부분도 있다는 생각이 든다. 내 농장에는 이런 인재도 필요하다는 생각도 든다.

다시 한 번 말하자. 나는 가지를 좋아한다.

왜 그렇게 가지 편을 드는가, 묻는다면 특별한 이유는 없다. 무언가 약점을 잡힌 것 아니냐고 억측하더라도 노코멘트라는 말만 남겨둔다. 매니저를 통해주세요!

여기까지 Part 2를 읽어주신 분은 어쩐지 의심이 들고 있지는 않으신가. 지극히 작은 농장 2017이라고 못박아놓았으면서 2017년의 수확에 대해서는 거의 아무런 보고를 하지 않는 것에. 혹시 어쩌면 성과가 없었던 것 아닐까, 하고.
후, 후, 후. 무슨 말씀이십니까, 후후, 무슨 흉년 같은 말씀을.

2017년은 흉년이었다.
2017년의 실적을 써서 에세이집에 더한다는 이야기는 일찌감치 정해져 있었기 때문에 예년보다 더 힘을 기울였다. 모종을 정식으로 심기 위한 준비는 예년과 마찬가지로 늦어져버렸지만, 작업 자체에 실수는 없었다. 모종도 평소보다 더 신중하게 골랐다. 지지대도 일찍 세우고 토마토의 곁순 따기도 오이의 가지 정리도 수박의 수분도 확실히 해냈다.

그런데. 왤까? 비가 적었던 도쿄의 6월은 채소밭에는 오히려 다행이었지만 7월, 8월에 기온이 높지 않은 흐린 날이 계속 이어졌기 때문일까. 그렇다면 책임이 내게 있는 것이 아니라 지구에 있는 것이 될까?

올해의 결과는 이 책에 실을 거니까 읽는 분들께 좋은 모습을 보여주고 싶다고 지나치게 분발한 것이 역효과였던 걸까. 화려한 수확을 자랑해야지, 하는 사념이 독이 되어 채소를 시들게 한 것일까.

실패는 있을 수 없는 최고 에이스 오이가 흰가루병에 걸려 일찍 기권한 것으로 시작했다. 마음 쓰렸다. 게다가 수박이 전염되어버린 것이다.

그래도 가지의 마이페이스만은 올해도 건재했다.

흔~들 흔~들하며 어느새 커져 있었다.

가지의 난점은 수확 후반에 접어들면 끝부분이 딱딱해지는 것인데, 그 문제도 올해는 적었다.

가지가 가르쳐준 것 같은 기분이 든다.

그렇게 서두르지 말라고.

어깨에 힘이 들어가면 오히려 잘 풀리지 않는다고.

올해의 실패를 좋은 이야기로 정리하려는 마음은 겨, 겨, 결코 없다.

가지 같은 인생이라는 선택지도 있지 않은가. 그저 솔직히 그렇게 생각했을 뿐이다.

올해는 말이다.

🥭 그대여 아는가, 남쪽의 과실을

망고 씨를 심어보았다.

망고를 키워보겠다고 생각한 것은 물론 순수한 지적 호기심에서이지, 크게 잘 키워서 열매가 열린다면 한 개에 몇천 엔 하는 고급 과일을 그냥 먹을 수 있다는 계산 같은 것은 정말 눈곱만큼밖에 없었다.

망고를 자르던 내가 주접스럽게 씨를 핥고 있는 것을 보다 못한 아내가 말했다. "그거 한번 심어보지." 정원에 지금 이상 작물을 늘리는 일에 좋은 표정을 짓지 않는 사람이지만 망고는 다른 모양이었다. 물론 나도 이의는 없다. 둘이서 후후후 득의의 미소를 지었다. 두 눈에 ¥마크를 달고.

우선 실내에 놓을 만한 화분에 씨 두 알을 심었다.

하나는 초여름에 이시가키 섬에 갔을 때 집에서 먹으려고 과일가게에서 산 망고에서 나온 씨. 알이 작은 편으로 의외로 가격이 쌌다. 하나에 500엔 정도.

또 하나는 다른 사람에게 받은 망고에서 나온 씨. 꽤 비싸 보이는 오키나와 본도에서 난 망고.

어려운 도전이라는 건 각오했다. 내가 사는 도쿄에서는 집 밖에서 겨울을 넘기기가 어려울 테니 실내에서 키워야 한다. 하지만 실내 화분에 심어서 몇백 엔, 몇천 엔짜리 열매가 맺히는 일이 과연 가능할까. 땅에 심는 선택지는 있는 걸까.

인터넷에서 검색해보면 한 방에 해답을 얻을 수 있겠지만, 보지 않는다. 인터넷을 봐버리면 꿈이 사라지기 때문이다.

나는 남국계 식물을 좋아해서 히비스커스는 매년 화분 몇 개를 키워 꽃을 피우고 있다. 3년 동안 겨울을 나고 크게 자라 키가 1미터에 달하는 것도 있다. 집이나 작업실 창가에는 대만고무나무나 리조포라과(자라면 맹그로브가 되는 것)나 판다누스나무나 뭐시기나무(이름을 잊어버렸다) 등을 두고 키운다.

지극히 작은 농장에는 바나나도 있다. 화분에 심긴 했지만. 홈센터에 '추위에 강한 아삼산'이라는 홍보 문구와 함께 놓여 있던 것이다. 우연히 내 옆에서 같은 화분을 보고 있던 벵골인 아저씨에게 '3년 기다리면 열매가 맺힌다'는 이야기를 들었는데 4년째인 지금도 바나나의 바도 나오지 않는다. 그러고보니 그 아저씨는 사지 않았다.

바나나는 바나나. 지금은 망고 이야기다.

망고 열매 안에는 편평한 타원형으로 된 옅은 노란색의 씨가 들어 있다. 색도 모양도 가메다제과에서 만드는 과자 핫피탄을 닮았다. 큰 것은 전체 길이 10센티미터.

처음에는 이것을 그대로 심을 생각이었지만, 잠깐만, 하고 인터넷에 검색해봤다. 이런 세부 정보는 인터넷에 의지한다. 좋은 꿈을 꾸기 위한 다소의 타협도 필요하다.

그렇군. 핫피탄은 겉껍질이고 진짜 씨는 그 안에 있단다.

가위를 사용했더니 힘을 들이지 않고 잘려 안에서 짙은 갈색의 누에콩 같은 것이 나왔다.

씨를 심는다면 3월이 적기라고 적혀 있는 것도 얼핏 눈에 들어왔다. 참고로 이 시점에서 계절은 여름. 8월이다. 보지 않은 걸로 한다. 큰 꿈을 이루기 위해서는 상식에 얽매여서는 안 된다.

심는 방법도 누에콩과 비슷했다. 무척 간단하다. 콩을 옆으로 눕혀서 머리가 나올까 말까 할 정도까지 흙을 덮는다. 이상. 그것만으로 한 개에 몇천 엔 하는 망고를 손에 넣을 수 있다니 어쩐지 미안한 마음이 든다.

이시가키 섬 망고의 화분은 집 창가 일등석에 됐다. 오키나와 본도 망고는 작업실 창가에 됐다.

2017년 12월 현재 이시가키 섬(500엔) 망고의 키는 29.5센티미터. 오키나와 본도(추정 2,000엔) 망고는 14.5센티미터.

갖은 고초를 겪은 이의 고집인지 씨가 작았던 이시가키 군이 어째서인지 크게 자라고 있다. 목표는 양쪽 모두 우선은 1.5미터.

몇 년 지나면 열매를 맺을까, 도쿄산 망고. 아무리 작고 못생기고 맛이 없어 보여도 맛있을 것이 분명하다.

노란색 꼬투리 안에는 짙은 갈색을 띤 이런 것이……(조금 싹이 나와 있다)

※껍질을 벗기는 편이 좋다고 한다

흙에 심으면 2주 만에

1 컷 만화의 무인도처럼 된다

작가의 말

부끄럽지만 첫 에세이집입니다.

소설만으로도 벅차서 에세이 같은 글은 가끔밖에 쓰지 않았고, 애초에 의뢰 자체가 그다지 들어오지 않았지만, 티끌도 쌓이면 시어머니가 손가락으로 문지르며 지적하게 되는 것일까요. 몇 년이나 이 일을 생업으로 이어가다보니 어느 정도의 수는 되는 모양입니다. 연재 에세이는 수가 적어서 단발성으로 썼던 글도 긁어모아 이 책 한 권이 되었습니다.

1부 〈지극히 작은 농장 일기 Part 1(가을·겨울편)〉은 〈마이니치 신문〉에 2008년 10월부터 이듬해 3월까지 격주로 연재했던 글입니다. 10년 후인 지금 다시 읽어보면 채소에 관련된 지식도 기술도 미숙한 부분이 눈에 보입니다. 앞으로 채소밭을 시작하려고 생각하시는 분은 그다지 참고하지 않는 편이 좋을지도 모르겠습니다. 응? 처음부터 참고할 생각 따위 없다고요? 아아, 그러시군요.

부탁받지도 않았는데 연재할 때 스스로 그림까지 그린 것은 독자에게 수확한 채소나 채소밭의 상세한 모습을 더욱 리얼하고 생생하게 전하기 위해서 직접 그리는 것이 알기 쉽지 않을까 생각했기 때문입니다. 이런 말로 담당자를 구슬려서 직접 그려보고 싶다는 야망을 충족시켰습니다. 담당자의 눈물 어린 결단에 감사드립니다.

1부의 연재가 가을부터 겨울까지였기 때문에 채소밭의 최고 번성기를 맞이하는 봄부터 여름의 모습도 꼭 더 쓰고 싶다, 이것도 부탁받지 않았는데 직접 제안했습니다. 이것이 4부의 〈Part 2(봄·여름편)〉. 2017년 기록입니다. 1부의 미숙과 실패를 만회하겠다며 이번에야말로 자신 있었지만, 10년이 지나도 전혀 진보하지 않았군요.

2부 〈지극히 좁은 여행 노트〉는 JR동일본 신칸센 차내 서비스지 〈트레인베르〉에 2013년 4월부터 2015년 3월까지 매달 1회 연재했던 〈지금 어디쯤 달리고 있어?〉를 제목을 바꾼 것으로 지극히 좁은 지역밖에 여행하지 않은 인간인 저의 여행기입니다.

2년 동안 여러 가지 일이 있었습니다. 인간, 무사태평하게만은 살아갈 수 없군요. 친구나 아버지의 죽음에 대해서도, 망설이기는 했지만 결국 다른 이야기를 즐겁게 써낼 기분은 들지 않아서 쓰고 말았습니다. 이쪽의 일방적인 감상을 함께 나누게 해서 다시 한 번 죄송합니다. 참고로 요괴 아메온나는 2018년 현재 여전히 건강하십니다. 사이타마에서 비를 뿌리고 계십니다.

2013년 4월 시점에 아직 정식으로 방문하지 않은 현이 14곳 있다고 썼을 때 50대 나이치고는 적다고 웃음 지었는데 그 후 힘을 냈습니다. 이제 남은 지역은 6현. 후후후. 다만 60대가 되어버렸지만요.

저의 성을 소재로 한 '스즈키 씨는 알 턱이 없다'를 쓴 후 한 스즈키 씨에게 이런 말을 들었습니다. "스즈키도 힘들어요. 창구에서 이름을 불려도 자기를 부른 건지 어떤지 몰라서 몇 번이고 자리에서 일어나는 일이 있어요." 그렇다고 합니다.

전국의 스즈키 씨, (사실은 일본에서 제일 많은 성씨인데도 이미지와 뉘앙스 문제로 제목에 올리지 못한) 사토 씨, 죄송했습니다. 마음대로 물고 늘어져서 불쾌한 기분을 느끼셨을 하기와라 씨께도 한마디. "당신들에게는 지지 않을 거야."

3부 〈지극히 사적인 일상 스케치〉는 잡지나 신문에 실렸던 단편과 단기간 연재에서 골라낸(긁어모은) 산문 및 소품입니다.

'추억의 음악', '옛날 아이돌', '고교야구', '독서', '육아', '결혼', '계절' 등 미리 주제가 정해져 있던 경우도 있었고, 쓰고 싶은 글을 자유롭게 써달라는 의뢰도 있었습니다.

전부 온후한 말투로 엮어냈다고 생각했는데, 다시 읽어보니 여기저기에서 꽤 화내고 있군요. 주제는 자유라고 들었을 때의 에세이는 특히 성가신 아저씨 모습을 있는 그대로 드러냈습니다. 그래도 수정을 요청받거나 게재를 보류하지는 않았습니다. 아마도 지금까지도 같은 일에 대해서 화를 내고 있을 테니. 지나친 말을 한 부분이 있었다면 죄송, 해, 요.(←입술을 삐죽거리며 말하는 중)

당시에는 유행에 맞았을지 모를 비유나 표현은 지금 다시 읽어보니 쓴 본인조차 의미를 알기 어려운 부분도 있습니다. 그래도 쓴 내용이나 생각은 그다지 변하지 않은 것에 스스로도 놀랐습니다.

소설의 주인공에게는 이런 것 저런 것까지 시키는 주제에 제 이야기를 쓰는 일은 지금도 익숙하지 않습니다. 하물며 예전의 문장을 싣는 것은 꽤 부끄러운 일입니다.

"그러면 출판 안 하면 되잖아"라는 목소리가 어디선가 들려오는 듯한 기분이.

네, 네. 맞는 말씀입니다.

솔직히 말하자면 조금 기쁩니다. 첫 에세이집.

기쁘고 부끄럽습니다. 싫어, 싫어, 라는 강한 부정도 좋다는 표현 중 하나. 이렇게 노인 냄새 풍풍 풍기며 마무리한 시점에 다음 무대가 준비되었다고 하니 저는 이만 물러가겠습니다.

옮긴이 부윤아

어린 시절부터 다른 사람의 책장을 구경하기를 좋아하다 다른 나라의 좋은 책을 찾아내 국내에 소개하는 번역가가 되었다. 한 분야를 좀 더 깊이 있게 알아두고 싶어 대학에서는 경제 무역학을 전공하고, 20대엔 공연기획 일을 했다. 왕성한 호기심으로 늘 재미있고 새로운 책을 탐색 중이다. 옮긴 책으로는《에도 명탐정 사건 기록부》,《만년필 교과서》, 요리 연구가 와타나베 유코의 사진 에세이《365일 소박한 레시피와 일상》등이 있다.

지극히 작은 농장 일기

초판 1쇄 인쇄 2019년 4월 20일
초판 1쇄 발행 2019년 4월 25일

지은이 오기와라 히로시
옮긴이 부윤아
펴낸이 임현석

펴낸곳 지금이책
주소 경기도 고양시 일산서구 킨텍스로 410
전화 070-8229-3755
팩스 0303-3130-3753
이메일 now_book@naver.com
홈페이지 jigeumichaek.com
등록 제2015-000174호

ISBN 979-11-88554-20-1(03830)

이 도서의 국립중앙도서관 출판예정도서목록(CIP)은 서지정보유통지원시스템 홈페이지(http://seoji.nl.go.kr)와 국가자료종합목록시스템(http://www.nl.go.kr/kolisnet)에서 이용하실 수 있습니다. (CIP제어번호 : CIP2019004965)